Axel Berger

Der Todesbote

Axel Berger, 1971 in Bremen geboren, ist Publizist sowie Gründer und Mitinhaber der Werbeagentur Mangoblau. Mit seiner Lebensgefährtin Marlies Mittwollen und einem Hund lebt und arbeitet er überwiegend in Oldenburg (Oldb.). 2013 erschien mit »Der Fallensteller« sein Krimidebüt, 2014 folgte sein zweiter Oldenburg-Krimi »Der Grabräuber«, 2015 der dritte Band »Der Eindringling«.

Mehr Informationen zu den Romanen von Axel Berger finden Sie im Internet unter
www.oldenburgkrimis.de, www.axelberger.com
oder auf Facebook:
www.facebook.com/oldenburgkrimis

Für Informationen zu Neuerscheinungen und Buchempfehlungen des Schardt Verlags schicken Sie uns gerne eine E-Mail mit dem Stichwort »Oldenburg« an kontakt@schardtverlag.de

Axel Berger

Der Todesbote

Der vierte Fall für das Ermittlertrio Werner Vollmers,
Anke Frerichs & Enno Melchert

Kriminalroman

Schardt Verlag

Originalausgabe – Erstdruck

Bibliografische Information *Der Deutschen Bibliothek*

Die Deutsche Bibliothek verzeichnet diese Publikation in der *Deutschen Nationalbibliografie;* detaillierte bibliografische Daten sind im Internet über *www.d-nb.de* abrufbar.

Besuchen Sie uns im Internet:
www.oldenburgkrimis.de
www.schardtverlag.de

Titelbild: © Jag_cz@Fotolia.de
Rückseite: © Innovated Captures@Fotolia.de
Umschlaggestaltung: Marlies Mittwollen, Mangoblau GmbH
Lektorat: Mechthild Oetjen

1. Auflage 2017

Metzer Str. 10 A
26121 Oldenburg
Tel.: 0441-21779287
Fax: 0441-21779286
E-Mail: kontakt@schardtverlag.de
www.schardtverlag.de

ISBN 978-3-96152-118-0

Prolog

Mit einem flüchtigen Lächeln auf den schmalen Lippen nahm er den schwarz eloxierten Metallkoffer von der Rücksitzbank seines 68er Ford Mustangs, klappte den Fahrersitz zurück und schloss leise die Tür. Eine frische Brise strich durch die sich behutsam braun färbenden Blätter der die Straße zierenden Eichen.

Er blickte sich um, außer einer Katze die auf einem Autodach sitzend die Umgebung sondierte, war nichts und niemand zu sehen. Die Stadt und ihre Bewohner schliefen, während er einen Auftrag zu erledigen, eine Nachricht zu überbringen hatte. Eine tödliche Nachricht!

Mit schnellen Schritten überquerte er die Straße und steuerte unbeirrt auf den etwas zurückliegenden Eingang eines dreistöckigen Mehrparteienhauses zu, dessen Beleuchtung nur noch träge im Dunkel vor sich hin glomm, was ihm und seinem Vorhaben in die Karten spielte. Trotz seiner beachtlichen Größe von knapp zwei Metern und seines beträchtlichen Gewichtes bewegte er sich leichtfüßig wie ein Schatten in der Nacht. Seine komplett schwarze Kleidung trug ihren Teil dazu bei, ihn für den flüchtigen Betrachter unsichtbar zu machen. Die marode Tür zu öffnen, war für ihn ein Kinderspiel. Nach nicht einmal dreißig Sekunden schwang sie widerstandslos auf und gewährte ihm den Zugang zu einem nach Pizzaservice und Döner riechenden Hausflur.

Ohne ein Geräusch zu verursachen, trat er ein und orientierte sich. Nach seinen Informationen wohnte sein Auftrag in der zweiten Etage. Ein Blick auf die drei übereinander hängenden Briefkästen schienen das zu bestätigen. Den Namen den er suchte fand er auf der Box in der Mitte. Zufrieden nickte er und wandte sich um. Einem für Zwillinge vorgesehenen Kinderwagen und einem rostigen Mountainbike ausweichend, schlich er durch den bis auf Hüfthöhe gekachelten Flur und dann die Treppen hinauf. Ebenso wie die Haustür, stellte auch die Wohnungstür seines Kunden für ihn keine sonderlich große Herausforderung dar. Vorsichtig drückte er sie ein Stück auf, vergewisserte sich, dass sie nicht durch eine Kette gesichert war, um sie schließlich ganz zu öffnen. Seichtes Mondlicht fiel durch ein Fenster in den Eingangsbereich der Wohnung und erleichterte ihm so die Orientierung. Eine gute Planung und sorgfältige Vorbereitung waren alles in dem Metier in dem er arbeitete. Das beherrschte er in Perfektion, das war der Grund, warum man sich seiner Dienste bediente. Seine Erfolgsquote lag bei einhundert Prozent. Was seine Auftraggeber außerdem an seiner Arbeitsweise bevorzugten, war eine Besonderheit, die ihm den Spitznamen der Todesbote eingetragen hatte.

Den Atem angehalten, lauschte er im Zwielicht des Mondes in die Nacht hinein. Ein leises Schnarchen drang zu ihm hinüber. Peinlichst darauf bedacht nicht das geringste Geräusch zu verursachen, schlich er durch den Flur in Richtung Schlafzimmer, wo er sein Opfer vermutete. Er lächelte, als er ihn tief und fest schlafend in seinem Bett liegen sah. Er gönnte sich einen Moment, und ließ die Vorfreude in sich aufsteigen. Ein Kribbeln, das mit nichts zu vergleichen war. Macht. Uneingeschränkte Macht über Leben und Tod.

Das gleichmäßige Atemgeräusch seines Opfers deutete darauf hin, dass er, gefangen im Reich des kleinen Todes, keine Gefahr darstellen und sich nicht wehren würde. Zur Sicherheit hatte er aber noch eine Kleinigkeit mitgebracht. Vorsichtig stellte er den schwarzen Koffer auf einen kleinen Tisch, der sein Dasein in einer Ecke des ansonsten nur spärlich eingerichteten Schlafzimmers fristete und machte sich an den Zahlenschlössern zu schaffen, die das Behältnis gegen einen unbefugten Zugriff durch Dritte schützen sollten. Nachdem er die richtige Kombination eingegeben hatte, ließ er die Schlösser aufspringen, nicht jedoch ohne sie mit dem Finger abzufedern, damit das Klacken sein Opfer nicht wecken würde. Langsam, fast schon andächtig öffnete er dann den Deckel.

Ein Lächeln, das so herzlich war, und das man dem schroffen und vernarbten Gesicht des Todesboten niemals zugetraut hätte, zeichnete sich auf seinen Lippen ab, als sein Blick auf den Inhalt des Koffers fiel. Dort lag, sorgsam in Schaumstoff eingelassen, alles was er für sein Handwerk benötigte: sein Revolver, Handschuhe, wie sie von Rechtsmedizinern oder Ärzten verwendet wurden, drei aufgezogene Spritzen, eine etwa handgroße Maschine und ein kleines Glasfläschchen mit einer dunkelblauen, fast schwarzen Flüssigkeit.

***

Als Timo Jürgens am nächsten Morgen erwachte, stand die Sonne bereits hoch am Firmament.

Er hatte äußerst schlecht geschlafen. Alles tat ihm weh. Sein Kopf und sein Rücken fühlten sich an, als ob ihn irgendjemand immer wieder mit einer heißen Nähnadel bearbeiten hätte, sein Nacken brannte wie Feuer. Sein Mund war trocken. Mit der Hand fischte er neben seinem Bett nach etwas zu trinken und erwischte, nach einigem herumtasten, schließlich eine angefangene Flasche Becks. Er sah die Flasche für einen Moment unentschlossen an und zuckte dann innerlich mit den Schultern. Jetzt auch egal, dachte er. Warum nicht mit dem anfangen, mit dem man gestern aufgehört hatte. Mit trübem Blick schaute er auf den Wecker. Gott sei Dank musste er heute nicht in die Werkstatt.

Er nahm noch einen weiteren Schluck und ließ die goldene Flüssigkeit die Kehle herunterlaufen. Fast augenblicklich ließen die Schmerzen in Kopf und Rücken etwas nach. Das Brennen im Nacken jedoch blieb. Immer noch völlig erschlagen starrte er an die Decke und versuchte, sich an die letzte Nacht zu erinnern. Er wusste noch, dass er schreckliche Dinge geträumt hatte. Furchtbare Albträume hatten ihn heimgesucht und ihn sich hin und her werfen lassen. Er versuchte sie zu greifen, aus den Tiefen seines Unterbewusstseins wieder an die Oberfläche zu zerren. Doch es gelang ihm nicht. Entnervt leerte er die Flasche und fing an, gedankenverloren an dem silbernen Etikett zu knibbeln.

Verdammte Scheiße, er musste pissen und wälzte sich träge aus dem Bett, wobei er drei weitere Flaschen mit dem Fuß umstieß. Etwas Bier suppte auf die Dielen seiner Altbauwohnung. Mit unsicherem Gang wankte er ins Badezimmer. Dort angekommen empfing ihn ein für sein Alter ziemlich verlebt aussehender Timo Jürgens im Spiegel. Missmutig verzog er das Gesicht. Sein Spiegelbild tat es ihm nach und ließ ihn sich frustriert der Toilette zuwenden. Er klappte den Deckel hoch und zog sich die alte Jogginghose ein Stück herunter, ließ den Dingen ihren Lauf und genoss das Gefühl, sich zu erleichtern. Ein Gähnen ließ ihn die Hand in den Nacken nehmen. Während er die letzten Tropfen abschüttelte, massierte er sich die immer noch schmerzende Stelle mit der Rechten. Seine Linke versuchte dabei seinen kleinen Kameraden auf Kurs zu halten, was allerdings ordentlich misslang, als er plötzlich seine rechte Hand betrachtete, die ihren Weg zu seinem Kinn gefunden hatte um seinen Ziegenbart glattzustreichen. Erschrocken starrte er auf seine mit Schwielen überzogene Handfläche mit den vier Fingern – den kleinen Finger hatte er im letzten Jahr auf einem großen Motorradtreffen, den Harley-Davidson Days, in Hamburg verloren – sie war voller Blut.

Verdammt, was war da los? Hatte er sich in der letzten Nacht an irgendwas verletzt? Er blickte sich um, suchte nach einem Spiegel. Miriam, seine Ex, hatte doch so ein kleines Ding gehabt und bei ihrem Auszug hier zurückgelassen. Wo hatte er ihn nur hingetan? Schublade um Schublade wurde aufgezogen, durchsucht und wieder geschlossen, bis er schließlich in einem kleinen Wandschrank, der über der kaputten, in der Ecke vor sich hingammelnden Waschmaschine hing, fündig wurde. Ungelenk fuchtelte er vor dem großen Wandspiegel herum und versuchte, mit der rechten Hand den kleinen Schminkspiegel in die richtige Position zu bringen, um etwas erkennen zu können. Nach einigem hin und her hatte er schließlich den richtigen Winkel gefunden und erstarrte, als er eine Zahlenreihe, mit Blut und dunkler Farbe in seinen Nacken geschrieben, erkannte. Mit einem Stirnrunzeln ließ er den Handspiegel auf die Ablage neben dem Waschbecken sinken. Sein noch immer von Bier und Tabletten benebelter Verstand arbeitete auf Hochtouren. Besser gesagt, er versuchte es. Besonders weit kam er nicht. Zumindest konnte er sich das Blut erklären. Er rechnete Eins und Eins zusammen und kam zu dem Schluss, dass in der letzten Nacht jemand in der Wohnung gewesen sein und ihm die Wunden beigebracht haben musste, über deren Bedeutung er aber nur rätseln konnte. Fest stand, irgendwer hatte ihm eine Botschaft übermittelt. Doch was sollte das?

Timo Jürgens war zwar nicht die hellste Kerze auf der Torte, doch er war ein ausgemachtes Schlitzohr, ein bauernschlaues noch dazu. Auch wenn sein Kopf ihn des Öfteren im Stich ließ, auf sein Bauchgefühl konnte er sich in der Regel verlassen. Was auch immer die Zahlen bedeuten sollten, sein Instinkt rict ihm, dass cs wahrschein lich besser für sein Wohlergehen sein könnte, wenn er ein paar Tage verschwinden würde ...

1

Enno Melchert lag, mit hinter dem Kopf verschränkten Armen auf dem Bett und starrte an die Decke seiner kleinen Wohnung. Es war kurz vor sieben in der Früh. Ein leichter Hauch von Parfüm, Schweiß und Leidenschaft hing in der Luft. Er lächelte und seufzte zufrieden. Der Kommissar war lange nicht mehr so glücklich gewesen.

Wenn er es genau nahm, konnte er sich eigentlich nicht daran erinnern überhaupt jemals so glücklich gewesen zu sein. Zufrieden – ja. Zum Beispiel nach dem Abschluss seines Journalismus Studiums, das er mit Auszeichnung und in Rekordzeit absolviert hatte. Stolz. Natürlich war er stolz gewesen, dass man ihn an der Polizeischule anschließend mit Kusshand genommen hatte und ihn dann direkt zu Werner Vollmers und Anke Frerichs, in das Fachkommissariat 1 für Straftaten mit Gewalt und gegen das Leben, versetzt hatte. Ein Traum, sein Traum war in Erfüllung gegangen. Er durfte nun nicht mehr nur über Verbrecher schreiben, er durfte richtig mitmischen, die Welt ein kleines bisschen besser, gerechter und den fiesen Jungs das Leben schwermachen. Es war sein Traumjob, für den er aber auch einen hohen Preis zahlte – bereit war zu zahlen.

Aber glücklich? Richtig glücklich war er eigentlich nie gewesen, auch wenn er bereits zu Schulzeiten immer den Klassenclown gegeben hatte. Der Schatten seines verschwundenen Vaters lag über seiner Kindheit und auch der frühe Tod seiner Mutter, ließ ihm, den nach außen immer gut gelaunt wirkenden Ermittler, innerlich das Herz schwer werden. War er äußerlich scheinbar vom Glück verfolgt, sah sein innerer Lebensweg doch eher wie eine holperige Straße mit unzähligen Schlaglöchern aus. Immer und immer wieder ließen ihn die Dämonen seiner Kindheit, aber auch die Erlebnisse bei seiner Arbeit, nachts keinen Schlaf finden oder spiegelten sich in abstrusen Albträumen wieder, die auf Dauer nicht mit Energy Drinks, Whisky, Gin oder Wodka zu besiegen sein würden. Instinktiv ahnte er das, war aber machtlos dagegen.

Doch ab heute würde das anders werden. Das spürte er ganz deutlich. Die Liebe hatte in sein Leben Einzug gehalten. Zum ersten Mal in seinem Leben spürte er, das bisher ganz tief in ihm verborgene Gefühl, wusste er, dass es die echte und wahrhaftige Liebe war, die ihn glücklich machen würde. Für immer.

Wie sehr er sich geirrt hatte, konnte er zu diesem Zeitpunkt noch nicht ahnen, aber das war wahrscheinlich auch besser so. Hätte er gewusst, was in den kommenden Wochen auf ihn zukommen würde, er hätte sicherlich die Flucht ergriffen.

2

Als Timo Jürgens erwachte, fand er sich auf dem nackten Boden einer Industrie- oder Lagerhalle liegend wieder. Diffuses Licht fiel durch eine Reihe verdreckter Oberlichter in das Gebäude und tauchte die Szenerie in einen milchigen Nebel. Vorsichtig rappelte er sich in eine sitzende Position hoch, blickte sich um und versuchte, sich zu orientieren.

Es war unangenehm frisch. Fröstelnd legte er die Hände um den Oberkörper. Er hatte ein Gefühl, als wäre er verprügelt worden oder mit dem Motorrad gestürzt. Er kannte das Gefühl. Mehr als einmal hatte es ihn zerlegt. Sämtliche Knochen taten ihm weh, sein Kopf wollte vor Schmerzen fast explodieren. Sein Nacken brannte wie Feuer. Irritiert blickte er sich weiter um, versuchte sich zu erinnern, wie er hierhergekommen war, doch sein Erinnerungsvermögen machte ihm einen Strich durch die Rechnung. Die Geschehnisse der letzten Stunden blieben ihm verborgen. Er konnte sich nur noch wage daran erinnern, dass er seine Sachen zusammengepackt, den Tresor geleert und die Werkstatt abgeschlossen hatte, um sich aus dem Staub zu machen. Dann ... Schmerzen. Dann ... nichts mehr. Schwärze.

Der angeschlagene Werkstattbesitzer versuchte unbeholfen im Halbdunkel etwas zu erkennen, konnte aber nur schemenhaft eine Person ausmachen, die regungslos am anderen Ende des Raumes stand und ihn beobachtete. Ein Anflug von Angst stieg in ihm auf. Er rieb sich die Augen, doch noch immer verschleierte ein trüber Nebel seine Sicht.

»Herr Jürgens, schön Sie wieder unter den Lebenden zu sehen – wenn auch nicht für lange ...«, der ganz in schwarz gekleidet Mann trat einen Schritt auf ihn zu und grinste breit. Timo Jürgens durchfuhr ein Schauer. Auch er war ganz bestimmt kein Kind von Traurigkeit, aber dieser Typ machte ihm Angst. Er wusste nicht warum, irgendetwas strahlte er aus – etwas Tödliches. Unbewusst wich er rückwärtskriechend ein Stück zurück, stieß aber mit dem Rücken gegen etwas Hartes, das ihm den Weg versperrte. Er tastete nach hinten. Seine Hand fand etwas, das er aus tausenden Dingen heraus erkannte hätte, den Motorblock seiner Harley-Davidson, seinem ein und alles, seinem ganzen Stolz. Er ertastete den mit einem Totenkopf verzierten Öldeckel. Das kalte Metall beruhigte ihn für einen kurzen Moment, dann ... Panik wallte in ihm auf, eine böse Vorahnung erwachte, als der letzte Satz des Mannes in sein Bewusstsein eindrang, wie ein Flaschenöffner in einen Korken. Ungelenk versuchte er sich an den an der Seite montierten Sturzbügeln hochzuziehen, rutschte jedoch mehrfach ab, da sich seine Beine noch immer anfühlten, als wären sie aus Gummi.

Wirre Gedanken schossen ihm durch den Kopf, versuchten die Situation zu erfassen, zu erklären, was ihm hier gerade widerfuhr. *Was war passiert? Wie bin ich hierhergekommen? Wer ist dieser Mann, und was will er von mir?*

Sein Körper schmerzte und gehorchte ihm nur wiederwillig. Drogen. Irgendwas musste man ihm verabreicht haben, anders konnte er sich seinen Zustand nicht erklären. Sein erster Gedanke: KO-Tropfen. Timo Jürgens hatte sie mehrfach bei der einen oder anderen unwilligen Dame eingesetzt, aber noch nie selber die Erfahrung gemacht. Jetzt wurde ihm klar, was seine Opfer hatten durchmachen müssen. Eine späte und sinnlose Erkenntnis, die ihm weder nützen noch schaden würde. Belanglos im Angesicht seines zweifellos bald bevorstehenden Todes. Wut loderte in ihm auf. Er straffte sich. Er würde es dem Eindringling nicht leichtmachen. Timo Jürgens ließ den Mann nicht eine Sekunde aus den Augen, verfolgte jede seiner Bewegungen und war dennoch völlig verwirrt, als er plötzlich direkt vor ihm stand. Mit nur wenigen schnellen Schritten war der Todesbote bei ihm gewesen, hatte ihn vom Boden hochgerissen und lehnte ihn gegen das Motorrad.

Verdammt, wer war dieser Typ? Was wollte er von ihm?

»Aufsitzen«, befahl der Mann. Wie aus dem nichts hatte er plötzlich eine Pistole in der Hand. »Es wird Zeit für einen letzten Ausritt, mein Lieber.«

Ohne Widerworte folgte der Mechaniker den Anweisungen des unbekannten Mannes, fast wie in Trance, ohne jedoch die wirkliche Bedeutung der Worte zu verstehen. Irgendetwas ließ ihn, ganz tief in sich drin hoffen, dass er auch diesmal noch einmal davonkommen und unversehrt aus diesem Albtraum erwachen würde. Heute jedoch sollte er sich gründlich irren. Doch das wurde ihm erst bewusst, als er das kalte Metall der Waffe an seinem Hinterkopf spürte und das charakteristische Geräusch erklang, das dieses spezielle Modell erzeugte, wenn durchgeladen wurde. Das Wort *Warum?* geisterte kreuz und quer durch seine vernebelten Gedanken. Was hatte er falsch gemacht? War er unbewusst dem Falschen auf die Füße getreten? Hatte er sich mit den falschen Leuten eingelassen? Oder war er etwa einfach nur zur falschen Zeit am falschen Ort? Er sollte es nie erfahren. Sekunden später donnert ein Knall durch die Werkstatthalle und beendete jeden weiteren Gedanken von Timo Jürgens. Eine zornige Elster flog zeternd vom Dach der Werkstatt davon, krächzender Zeuge eines Verbrechens, der nie angehört werden würde. Bevor er überhaupt realisierte das er tot war, kippte der massige Zweiradmechaniker vornüber und blieb erschlafft auf dem Lenker seiner Harley liegen. Dampfendes Blut und Brocken gelblicher Gehirnmasse tropften auf das Schutzblech, Reifen und Felge und fanden schließlich ihren Weg auf den Boden, wo sie sich mit Öl und Schmutz zu einer dunklen Masse vermischten.

Zufrieden steckte der Mann seine Waffe zurück in den Hosenbund, sah den Toten nachdenklich, ohne eine Regung erkennen zu lassen, an und nickte zufrieden. Dann umrundete er das Motorrad mehrfach und betrachtete sein Werk von allen Seiten. Er war noch nicht zufrieden. Eine Idee durchzuckte sein Gehirn, und ein Lächeln erschien auf seinen Lippen. Heute würde er einen kleinen Extrabonus liefern. Ein bisschen *Showbusiness* würde seinem Ruf nicht schaden. Sein Blick schweifte umher. Auf einer Werkbank in der Nähe entdeckte er etwas das sein Gefallen fand, ein breites Grinsen wanderte über sein vernarbtes Gesicht. *Etwas Dekoration kann nicht schaden …* dachte er und schnappte sich einen herumliegenden Helm und ein paar Kabelbinder von der Arbeitsfläche. Nach einer guten halben Stunde war er fertig und betrachtete sein Kunstwerk eingehend. Dann fuhr er mit der rechten Hand in seine Jacke, zog aus einer der Innentaschen sein Mobiltelefon hervor, aktivierte die Kamera und schoss mehrere Fotos von Timo Jürgens' letzter Ausfahrt. Keine zehn Sekunden später waren sie auf dem Weg zu seinem Auftraggeber. Er wartete einen Moment, dann piepte sein Handy. Ein einfaches Emoticon mit einem hochgereckten Daumen als Antwort zeugte davon, dass er mal wieder einen Auftrag zur vollsten Zufriedenheit seines Kunden ausgeführt hatte.

I like, dachte er, steckte das Handy weg, zog eine Packung Dannemann Moods hervor, zündete sich eine der kleinen Zigarillos mit dem Zippo, das einmal Timo Jürgens gehört hatte, an und verließ die Werkstatt durch den Hinterausgang wo seine 1968er Ford Mustang geduldig auf ihn gewartet hatte. Der Todesbote schlüpfte hinter das Lenkrad und erweckte den V8 zum Leben. Unter gleichmäßigem Gegrummel wendete er das Ungetüm und lenkte es mit gerade einmal 1500 Umdrehungen in Richtung Innenstadt. Zufrieden pflückte er seine Sonnenbrille von der Halterung des Innenspiegels und setzte sie auf. Was für ein schöner Tag.

Für heute hatte er genug gearbeitet, er würde sich in einem Saunaclub der besonderen Art etwas Zerstreuung und den einen oder anderen Tequila gönnen. Morgen würde er sich dann um seinen nächsten Klienten kümmern. Es gab noch einiges zu tun, hier in dieser betulichen kleinen Stadt an der Hunte.

3

Die beiden Eheleute saßen schweigend, beide ihren eigenen Gedanken nachhängend, bei einem Stück Kuchen und einer Tasse Kaffee auf der Terrasse ihres Hauses. Die Sonntags-Zeitung, die seit neuestem merkwürdigerweise bereits am Samstagnachmittag zugestellt wurde, lag ordentlich zusammengefaltet auf dem mittlerweile in die Jahre gekommenen Holztisch. Das Wetter zeigte sich von seiner besten Seite, der Sommer gab nochmal richtig Vollgas.

Es war einer der ersten Sonntage die sie seit langem mal wieder ganz für sich allein hatten. Es musste nichts gekocht oder besorgt werden, niemand später noch ins Pflegeheim fahren, und die Angst vor dem finalen Anruf schwebte nicht mehr über ihnen. Nur sehr langsam fanden Gabriele und Werner Vollmers wieder in ihren Alltag zurück. Nach dem Tod seiner Schwester Marion klaffte plötzlich eine große Lücke in ihrem Leben. Ihre Pflege und die Sorge um ihr Wohlergehen, hatte im vergangen halben Jahr so viel Platz in ihrem eigenen Leben eingenommen, dass sie sich nun erst mal wieder zurechtfinden und wieder neu einrichten mussten. Diesem *Eindringling*, wie ihn seine Schwester Marion immer genannt hatte, hatte sie sich am Ende doch geschlagen geben müssen. Von der Lunge ausgehend, hatte der Krebs gestreut, Metastasen gebildet und dann zunächst weitere innere Organe, die Leber und die Nieren, befallen und war später unaufhaltsam bis in den Kopf und den restlichen Körper vorgedrungen. Marion war an einem Samstag gestorben.

Gabriele Vollmers schlug die Zeitung auf, legte das Sonntags-Journal zur Seite und nahm die Werbebeilagen aus der Mitte. Verärgert über den Papierwust, zählte sie sie nach.

»Unglaublich. Dreizehn Prospekte in acht labbrigen Seiten mit Blabla. Die trauen sich aber was«, sagte sie, während sie einen der Möbelprospekte auf der Suche nach einer neuen Schrankwand durchstöberte. Werner Vollmers antwortete nicht. Außer einem kurzen Knurren wusste er dazu nicht viel zu sagen. Eine für den Hauptkommissar nicht ungewöhnliche Reaktion, doch Gabriele Vollmers spürte, dass da noch etwas Anderes war, was ihren Mann belastete. Zunächst hatte sie vermutet, dass es die immer näher rückende Pensionierung war, die ihn Tag für Tag noch einsilbiger werden ließ, als er eh schon war, doch das konnte es nicht alleine sein. Wenn sie nachts wach lag, konnte sie ihn stöhnen und leise im Schlaf murmeln hören. Sie konnte immer nur einzelne Worte verstehen und versuchte sich daraus ein Bild zu machen. Eins wusste sie aber mit Sicherheit: Ihr Mann trug seit neuestem irgendein dunkles Geheimnis mit sich herum, nur was ihn Nacht für Nacht in Albträume heimsuchten, blieb ihr verborgen. Fest stand, dass es etwas mit seinem Kollegen Enno Melchert zu tun haben musste, sie hatte mehrfach seinen Namen vernommen, und das immer, wenn es mal wieder ganz schlimm gewesen war und sie ihren Mann geweckt hatte, um ihn von seinen schlimmen Träumen zu erlösen.

Das Klingeln des Telefons unterbrach die traute Zweisamkeit. Werner Vollmers sah seine Frau an. Die nahm das Mobilteil vom Tisch und schaute auf das Display. Sie hatte die Nummer ihrer Schwester Christa aus Bremen vermutete, die regelmäßig sonntags durchrief, um etwas zu klönen oder einen spontanen Besuch anzukündigen, doch es war die Durchwahl des Büros von ihrem Mann im Präsidium. Sie verzog das Gesicht. Wenn man ihn an seinem freien Tag anrief, hatte das in der Regel nichts Gutes zu bedeuten. Genervt reichte sie ihm den Hörer über den Tisch.

»Vollmers?« Er hörte eine Weile schweigend zu, seine Augen weiteten sich. Er stand auf und begann auf der Terrasse auf und ab zu gehen. Jemand schien aufgeregt und ohne Unterlass auf ihn einzureden. Nur gelegentlich nickte er stumm. Besorgt sah Gabriele Vollmers zu, wie er anfing mit der rechten Hand eine Zigarette aus der Schachtel zu fingern, sie sich in den Mund steckte und dann anzündete. Das leichte Zittern seiner Hand war ihr nicht entgangen. Nach ein, zwei weiteren Minuten Schweigen sagte er schließlich: »Ich bin gleich da.« Dann beendete er das Gespräch und sah nachdenklich zu ihrem kleinen Gartenteich hinüber, die Zigarette glomm vergessen in seiner Hand ihrem Ende entgegen. Als er sich umdrehte erfasste ihn der besorgte Blick seiner Frau.

»Mach dir keine Sorgen, es ist alles in Ordnung«, sagte er, drückte die Zigarette aus und eilte ins Haus, um sich umzuziehen.

Sie glaubte ihm nicht. Ganz und gar nicht. Gabriele Vollmers zog den Aschenbecher zu sich herüber und drückte den noch widerspenstig darin vor sich hin glimmenden Zigarettenstummel aus. Sie seufzte. Es wurde von Mal zu Mal schlimmer. Wie viel konnte Werner Vollmers noch ertragen?

Hoffentlich hatte der Spuk in wenigen Wochen endlich für immer ein Ende. Sie hoffte es, war sich aber sicher, dass die größte Herausforderung noch vor ihnen lag. Was würde danach kommen? Einen Plan, eine sogenannte Exit-Strategie, hatten die beiden nicht. Ihr Mann verdrängte das Danach. Doch was würde er tun, wenn die Anrufe ausblieben, er nicht mehr gebraucht würde? Nicht wenige in Rente gegangene Kollegen hatten ihren Ruhestand nicht wirklich lange genießen können. Die Leere, das Fehlen der täglichen Routine, der Arbeitskollegen, führte bei vielen Pensionären direkt in eine Despression oder Schlimmeres. Wie würde es ihrem Mann ergehen, wenn er nicht mehr den Ton angab, sich mit Gartenarbeit und Dokumentationen auf arte zufriedengeben musste. Wirklich viele Freunde hatte Werner Vollmers nicht. Die Arbeit hatte nicht zugelassen, sich einen Freundeskreis aufzubauen. Nun stand er weitestgehend alleine da. Lediglich ein oder zwei alte Freunde, oder besser gesagt Kollegen, würden ihm bleiben, standen ihm nah.

Sie zuckte zusammen, als sie die Haustür ins Schloss fallen hörte. Gabriele Vollmers hatte sich nie daran gewöhnt, aber damit leben gelernt. Als das Garagentor klapperte und kurz danach der alte Saab Diesel an ihr vorbeifuhr, schickte sie wie immer ein Stoßgebet gen Himmel und hoffte, dass auf den letzten Metern nicht noch etwas Schreckliches passieren würde.

4

Auf den Anblick, der die beiden Ermittler in der Werkstatt von Timo Jürgens erwartete, waren Anke Frerichs und Enno Melchert trotz ihrer jahrelangen Erfahrung, nicht vorbereitet gewesen.

Es war weniger der Zustand der leicht verwesten Leiche, als die Inszenierung an sich, die die beiden so erschütterte. Der Täter hatte den Leichnam aufrecht sitzend auf einem Motorrad platziert. Die Hände, Füße und der Oberkörper waren mit Kabelbindern an der Maschine, einer wunderschönen, dunkelblauen Harley-Davidson Electra Glide, fixiert worden, um den Eindruck zu vermitteln, der Tote würde fahren.

»Willkommen auf dem Highway to Hell«, rutschte es dem etwas über dreißig Jährigen Ermittler heraus.

»Enno!« Anke Frerichs schüttelte den Kopf und stemmte die Hände in die Hüften.

Der jüngere Ermittler ignorierte ihren strafenden Blick, während er weiter um die Installation herumging und versuchte jede Einzelheit in sich aufzunehmen. Die beiden waren zuerst am Tatort eingetroffen. Der Besitzer der Immobilie hatte die Polizei gerufen, da ihm der Geruch merkwürdig vorgekommen war. Die hatte dann sofort das FK 1, das Fachkommissariat 1, verständigt. Anke Frerichs hatte von unterwegs ihre beiden Kollegen informiert. Enno Melchert war fast zeitgleich mit ihr am Tatort, einer Motorradwerkstatt in Metjendorf, einem zur Gemeinde Wiefelstede gehörenden, direkt an der Stadtgrenze zu Oldenburg gelegenen Ortsteil, eingetroffen. Ihr Vorgesetzter, und die Spurensicherung aus Wilhelmshaven ließen noch auf sich warten, würden aber in Kürze eintreffen.

»Fass bloß nichts an«, ermahnte Anke Frerichs ihren Kollegen, der sich dem Opfer fast bis auf eine Nasenlänge genähert hatte und ihm durch das getönte Visier des Helmes direkt in das dahinterliegende, fast völlig zerstörte Gesicht blickte.

Enno Melchert zog einen Kugelschreiber aus der Jacke und schob das Visier vorsichtig ein Stück nach oben. Ein Schwarm Fliegen stob ihm entgegen und ließ ihn zurückschrecken. Der Geruch der ihm entgegenschlug war mehr als eklig. Ein paar Fliegen verfingen sich in seinen Haaren. Das war zu viel für ihn. Wild um sich schlagend versuchte er, die Biester zu verscheuchen und stolperte beinahe über einen am Boden liegenden Auspuff. Die Kommissarin beobachte amüsiert den verzweifelten Kampf ihres Kollegen mit der Schwerkraft und konnte sich trotz der morbiden Situation ein Grinsen nicht verkneifen. *Geschieht ihm recht*, dachte sie, während sie sich wieder dem Leichnam widmete.

»Was haben wir? Warum sind die Jungs von der Spurensicherung noch nicht da? Enno, was machst du denn da? Reiß dich zusammen!«, ertönte plötzlich eine Stimme hinter ihnen. Werner Vollmers war eingetroffen und wie üblich ohne Umschweife zur Sache gekommen. Seine Art ging den beiden Ermittlern zwar nicht selten auf die Nerven, auf der anderen Seite machte es die Zusammenarbeit mit dem altgedienten Kommissar auch wieder angenehm. Man wusste zumindest immer woran man bei ihm war und konnte sich darauf einstellen. Unnützes und überflüssiges Blabla war nicht Vollmers Ding.

»Die Todesursache war auf den ersten Blick nicht sofort erkennbar gewesen, da der Täter dem Toten nach der Tat einen Helm aufgesetzt hatte«, berichtete Enno Melchert, der sich mittlerweile wieder gefangen hatte. »Ich habe das Visier geöffnet, dann war es offensichtlich. Ein Schuss in den Kopf dürfte die Todesursache gewesen sein, das halbe Gesicht wurde ihm weggeschossen.«

Vollmers trat einen Schritt näher heran, zog sein Stofftaschentuch aus der Hose und hielt es sich vor die Nase.

»Sieht mir eher nach einer Austrittswunde aus«, sagte er nachdem er einen Blick ins Gesicht des Toten geworfen hatte. »Demnach dürfte er von hinten erschossen worden sein.« Enno Melchert zog anerkennend die Augenbrauen hoch.

»Also, wohl eher eine Hinrichtung?«, fragte Anke Frerichs.

»Würde ich sagen, aber das wird die Spurensicherung beziehungsweise die rechtsmedizinische Untersuchung ergeben. Finden sich Pulverrückstände oder ein Laufabdruck am Hinterkopf, können wir davon ausgehen.«

»Er könnte aber auch auf der Flucht erschossen worden sein«, ergänzte Enno Melchert.

»Möglich, aber ich glaube das sich ersteres bewahrheiten wird. Die Inszenierung deutet darauf hin. Was wissen wir über den Toten?«

Enno Melchert zog sein Handy hervor und tippte auf den Bildschirm, um das Gerät zu aktivieren. Er hatte seit kurzem auch online zu verschiedenen Systemen der Polizei Zugriff, was die Ermittlungen vor Ort erheblich erleichterte. »Der Mann heißt Timo Jürgens, er ist … beziehungsweise war … der Besitzer dieser Werkstatt. Er hat sich auf Motorräder der Marke Harley-Davidson spezialisiert. Er steht wegen ein paar kleinerer Verstöße in unserer Datenbank. Ihm werden Kontakte zu den Bandidos, den Hells Angels und anderen Motorrad-Clubs zugeschrieben.«

»Was ja auch nahe liegt«, unterbrach ihn Anke Frerichs mit hochgezogenen Augenbrauen, »er hat ja schließlich auch deren Motorräder repariert.« Sie zeigte auf ein paar der aufgemotzten Bikes, die in der Werkstatt auf fünf Hebebühnen verteilt standen. Nicht wenige trugen die Insignien der genannten Motorrad-Clubs.

»Möglich. Hier steht aber, dass es wohl noch weiterging. Bei einem der Clubs galt er als Anwärter. Mehr kann ich euch aber erst sagen, wenn ich mir die Akte genauer angeschaut habe. Dafür reicht die neue Onlinevariante noch nicht aus.« Er steckte sein Handy wieder in die Tasche und trat zu Anke Frerichs und Werner Vollmers hinüber, die den toten Biker umkreisten, wie Haie ihr Opfer.

»Wo bleiben denn Kuck und seine Jungs?«, fragte Vollmers.

Wie aufs Stichwort klopfte es an das große Rolltor, das halb geöffnet die Nordwand des Gebäudes zierte. »Hallo? Jemand zuhause?«, tönte es von der anderen Seite. »Kann uns mal jemand reinlassen, oder sollen wir einen Limbo aufs Parkett legen?«

Anke Frerichs grinste, während Vollmers nur genervt das Gesicht verzog.

Die Stimme gehöre unverkennbar ihrem guten Freund Torben Kuck, dem neuen Leiter der in Wilhelmshaven beheimateten Spurensicherungseinheit. Der fröhliche Sunnyboy war im letzten Monat befördert worden. Zu Recht, wie Anke Frerichs fand. Er war nicht nur ein ausgesprochen netter Kerl, vor allem fachlich machte dem noch relativ jungen Forensiker so schnell auch keiner etwas vor. Besonders seine kollegiale Art und sein moderner Führungsstil kamen bei seinem Team gut an. Er delegierte nicht einfach nur, sondern war immer mit von der Partie und stand immer an vorderster Front, wenn es darum ging ein Verbrechen aufzuklären. Nicht zuletzt deswegen mochte Anke Frerichs ihn, da war noch mehr. Sie hatte ein ganz besonderes Verhältnis zu ihm, denn bei den Ermittlungen gegen den Fallensteller, hatte ihr der Wilhelmshavener Kollege das Leben gerettet. Wie eine blutige Anfängerin wäre sie Thorsten Harders, so hieß der Fallensteller mit richtigem Namen, buchstäblich in die Falle gegangen. Wenn Torben Kuck nicht gewesen wäre, höchstwahrscheinlich mit tödlichem Ausgang für die blonde Ermittlerin.

»Torben, altes Haus, komm doch rein«, sagte Enno Melchert mit einem verschmitzten Grinsen auf den Lippen, während er den Schalter des automatischen Tores betätigte, der den Öffnungsmechanismus in Gang setzte. »Dass du nicht mal unfallfrei einen Walzer hinbekommst, weiß im Kommissariat doch jeder. Da wollen wir dir den Limbo mal lieber ersparen.«

Vollmers strafender Blick vertrieb die gute Laune augenblicklich. »Meine Herren, das ist immer noch ein Tatort. Ich bitte um ein bisschen Disziplin.« Enno verdrehte die Augen und zwinkerte Torben Kuck zu. Natürlich darauf bedacht, dass der Alte es nicht mitbekam.

»Das habe ich gesehen, Enno!«, sagte Vollmers, mit dem Rücken zu dem jungen Ermittler gewandt.

»Werner Vollmers hat auch hinten Augen, das solltest du mittlerweile wissen«, flüsterte Torben Kuck an Enno Melchert gerichtet. Anke Frerichs bekam eine stumme Kusshand zugeworfen, die sie mit ebenso einer erwiderte. Dann begrüßte er den Hauptkommissar:

»Moin Herr Vollmers, das sieht ja böse aus«, er nickte mit dem Kopf in Richtung der Leiche. Vollmers nickte nur schweigend, dann: »Gratulation zu Ihrer Beförderung Kuck. Es hat den Richtigen getroffen. Auf weiterhin gute Zusammenarbeit.« Dann drehte er sich wieder zu der Leiche um. Kuck hatte es die Sprache verschlagen. Das knappe, aber ehrlich gemeinte Lob von Werner Vollmers konnte man als Ritterschlag verstehen. Der Hauptkommissar war sein großes Vorbild. Und nun dieses Lob. Das haute ihn von den Socken. Anke trat zu ihm und stupste ihn in die Seite um ihn wieder zurück in die Wirklichkeit zu holen. Sie nahm ihn kurz in den Arm und flüsterte: »Herzlichen Glückwunsch. Vollmers hat Recht, es hat den Richtigen getroffen.«

Nachdem er sich wieder beruhigt hatte beorderte er seine Mitarbeiter an die Arbeit. Das Team ging routiniert an die Arbeit. Das für Tatorte in der Öffentlichkeit obligatorische Absperrband musste hier nicht gezogen werden und so kümmerten sich gleich zwei Spurensicherungsspezialisten um das direkte Umfeld. Fingerabdrücke wurden gesammelt, Spuren gesucht und nach besonderen Auffälligkeiten Ausschau gehalten. Torben Kuck widmete sich, begleitet von einem jungen Assistenten indischer Herkunft, der Leiche.

Anke Frerichs schaute sich derweil im Büro des Werkstattbesitzers um. Dort herrschte das Chaos. Von ordentlicher Buchhaltung keine Spur. Überall lagen Belege, Eingangs- und Ausgangsrechnungen herum. Einen Computer suchte sie vergebens. Ein leerer Platz auf einem in der Ecke stehenden Schreibtisch und eine zurückgelassene Maus deuteten jedoch darauf hin, dass hier ein Laptop gestanden haben musste, der nun verschwunden war. Ob er entwendet oder von Timo Jürgens mit nach Hause genommen worden war, würde sich zeigen, wenn man seine Wohnung untersucht hatte. Als sie zurück in die Werkstatthalle kam, standen Vollmers und Enno Melchert in einer Ecke und diskutierten. Der Hauptkommissar gestikulierte wild und schien aufgebracht. Einzelne Sätze und Wortfetzen erreichten ihre Ohren:

»Das hat hier jetzt nichts zu suchen. Reiß dich zusammen und konzentrier dich auf den Fall ...«

Enno Melchert wirkte wie ein geprügelter Hund. »Ich wollte ja nur ...« Vollmer machte eine herrische Geste. »Schluss damit. Wir werden ja sehen was passiert. Jetzt hat das hier Priorität.« Er deutete auf den von Kucks Leuten umringten Leichnam. Als sie näher kam verstummten die beiden abrupt.

»Alles klar bei Euch?«, fragte die Kommissarin als sie die beiden erreicht hatte. Enno Melchert wich ihrem Blick aus, Vollmers sah sie nur schweigend an. Er hatte einen hochroten Kopf und sah aus, als hätte man ihn bei irgendwas Verbotenem ertappt.

»Alles in Ordnung«, antwortete er knapp, dann, nachdem er sich wieder gesammelt hatte, fuhr er fort: »Enno fährt jetzt zurück ins Revier und fängt schon mal mit der Umfeldanalyse an. Wir bleiben hier und gucken, was hier noch passiert. Dann fährst du zu Timo Jürgens in die Wohnung, und ich schaue bei Elena in der Rechtsmedizin vorbei, sobald der Leichnam überstellt worden ist.«

Damit war für Vollmers das Gespräch beendet. Anke Frerichs nickte nur stumm. Ihre innere Stimme schlug Alarm. Hier stimmte doch etwas nicht. Was hatten die beiden? Seit ihrem letzten Fall, der sich um den heimtückischen Serienmörder Jörg Wagenfeld gedreht hatte, hatte sich zwischen den beiden etwas verändert. Dass

Vollmers am Tod des Killers zu knapsen hatte, konnte sie nachvollziehen. Gott sei Dank hatte sie im Dienst noch nie jemanden töten müssen. Für ihren Chef war es in seiner langen Karriere nicht das erste Mal gewesen, doch daran gewöhnen konnte man sich wohl nie. Die Angst um das eigene Leben, der Adrenalinrausch und die schreckliche Gewissheit ein Menschenleben ausgelöscht zu haben, waren der blanke Horror für jeden Polizisten, selbst wenn man aus Notwehr oder zum Schutz anderer getötet hatte.

Die übliche, im Moment laufende interne Untersuchung, konnte eigentlich nicht der Grund für Vollmers Gereiztheit sein. Bis zu seiner Pensionierung waren es nur noch wenige Wochen. Im Grunde hatte er nicht allzu viel zu befürchten. Aber was war mit Enno? Warum war er seit dem Vorfall auf dem Fliegerhorst so neben der Spur? Sie nahm sich vor, bei ihrem nächsten Treffen Jana Lewandowski auf den Zahn zu fühlen. Sie war eine betreuende Polizeipsychologin. Anke war zwar klar, dass sie ihr nichts verraten durfte, aber möglicherweise konnte sie ja etwas zwischen den Zeilen herauslassen, was etwas Licht ins Dunkel bringen würde. Noch während sie in Gedanken Gründe für das merkwürdige Verhalten ihrer Kollegen suchte, verdrückte sich der ehemalige Journalist und ging zu seinem vor der Tür geparkten VW Scirocco, um zurück ins Polizeirevier Am Friedhofsweg 30 zu fahren. Vollmers kehrte zu Torben Kuck zurück und ließ sie mit ihren Gedanken alleine in der Ecke stehen.

Kopfschüttelnd ging sie ihm hinterher, zunächst ging es erst mal um diesen Fall. Und der machte ihr schon jetzt Sorgen. Solch eine inszenierte Hinrichtung war meist ein deutliches Zeichen dafür, dass hinter der Sache mehr steckte, als auf den ersten Blick zu erwarten war. Zumindest deutete es darauf hin, dass jemand eine Botschaft vermitteln wollte und sowas nicht zum ersten Mal getan hatte. Es würde interessant werden herauszufinden für wen die Botschaft bestimmt war.

5

»Oftmals ist die Identifizierung gar nicht so einfach.« Dr. Elena Braun machte zwischendurch immer wieder eine kurze Pause und biss in einen Schokoriegel. »Weißt du noch ... im Frühjahr ... als die Kollegen die Leiche einer Frau am Kraftwerk am Niedersachsendamm aufgefunden haben?«

»Ja, stimmt. Du meinst die 82-jährige Frau aus Wardenburg, richtig? Das war kein schöner Anblick. Wasserleichen sind die schlimmsten. Die Polizei ging von einem tragischen Unglücksfall aus. Die Obduktion hat ja auch nichts Gegenteiliges ergeben«, antwortete Irena Barkemeyer kauend. Etwas Hühnersalat quoll zwischen den beiden Toastscheiben ihres Sandwiches hervor und tropfte auf den Obduktionstisch.

Es kam nicht selten vor, dass die beiden Rechtsmedizinerinnen ihr Frühstück an ihrem direkten Arbeitsplatz einnahmen, der Ort an dem jedem anderen gründlich der Appetit vergehen würde, war quasi ihr Wohnzimmer. Das Ritual, das anderen morbide vorkommen würde, sollte etwas Normalität in den ansonsten von Tod und Trauer beseelten Raum bringen.

Noch waren sie allein. In Kürze würde sich das ändern. Sie warteten auf das Eintreffen der Leiche des ermordeten Bikers. Bereits während die Ermittler und die Spurensicherung verständigt worden waren, hatte auch das Handy der beiden gepiept. Eine Nachricht mit dem Code 107 hatte angekündigt, was andere Menschen in Angst und Schrecken versetzt hätte, aber zu ihrem Alltag gehörte wie, für einen Kaufmann die buchhalterischen Pflichten. Ein Mordopfer war auf dem Weg zu ihnen.

Der Tod war ihr ständiger Begleiter. Ein Mord, der sich hinter der Zahl verbarg, war zwar nicht alltäglich, aber auch kein Grund ihre Mittagspause zu unterbrechen.

»Apropos tragischer Unglücksfall, wie läuft es denn mit Herrn Kuck?«, fragte Elena Braun, knüllte die Verpackung ihres Schokoriegels zusammen und zwinkerte dabei ihrer Mitarbeiterin zu. Die verstand zunächst nicht und sah ihre Chefin nur verwundert an. Dann fiel der Groschen. Sie grinste. »Woher wissen Sie?«

»Nur weil ich den Job schon über dreißig Jahre mache, habe ich sehr wohl auch ein Auge für die Lebenden. Ich habe gleich bemerkt, dass der Kuck ein Auge auf Sie geworfen hat. Schon letztes Jahr. Als er dann neulich ohne triftigen Grund hier eintrudelte, und ich Sie beide miteinander gesehen habe, war doch alles klar.« Sie lächelte und zwinkerte ihrer Kollegin zu.

Irena Barkemeyer errötete. »War das so offensichtlich?« Sie drehte sich zur Seite und wischte mit einer Serviette den Hühnersalat vom Obduktionstisch.

»Kindchen«, sie manövrierte sich vom Obduktionstisch herunter, »kein Grund zur Besorgnis. Ihr Geheimnis ist bei mir gut aufgehoben.« Sie lächelte erneut und klopfte ihr leicht auf die Schulter. »Im Übrigen, er ist nicht nur optisch ein echtes Sahneschnittchen, liebe Kollegin, er ist durch seine Beförderung auch ansonsten keine schlechte Partie.«

»So weit sind wir noch lange nicht«, antwortete Irena Barkemeyer, während sie den Rest ihres Brotes und eine Trinkflasche in ihrer Umhängetasche verstaute und ihrer Vorgesetzten folgte. »Aber wer weiß ...« Ein Lächeln zauberte sich auf Ihr Gesicht. Ihre Gedanken verselbständigten sich für einen kurzen Moment. Wie auf Wolke Sieben entschwunden, hängte sie Ihre Tasche an einen Haken, der in der weiß gekachelten Wand montiert war und begann sich neben Elena Braun stehend an dem darunter befestigten Waschbecken die Hände zu waschen, um sie anschließend gründlich zu desinfizieren.

»Wenn ich Ihnen einen Tipp geben darf!? Passen Sie auf, dass Sie berufliches und privates nicht zu sehr miteinander mischen. Halten Sie das so gut es geht auseinander, sonst findet Ihre gemeinsame Zukunft eher ein Ende als Ihnen lieb sein wird.« Sie machte eine kurze Pause, drehte sich zu ihrer Kollegin um und blickte sie direkt an: »Vor allem, wenn Sie hier irgendwann mal den Laden übernehmen sollten.« Dann drückte sie ihr das Handtuch in die Hand und ging hinüber zu dem gegenüberliegenden Instrumentenschrank.

Irena Barkemeyer hielt inne, musste das Gesagte eine Sekunde sacken lassen.

Wie auf ein ungehörtes Kommando wurde die Tür aufgestoßen und eine Bare hereingerollt, auf dem der tote Timo Jürgens lag. Es war Zeit sich an die Arbeit zu machen.

***

Über zwei Stunden waren vergangen, seit Elena Braun und Irena Braun sich über die Leiche von Timo Jürgens hergemacht hatten. Sie hatten ihn zunächst oberflächlich untersucht und alle Spuren gesichert. Die Todesursache lag auf der Hand, doch nachdem sie ihm den Helm abgenommen und die Leiche entkleidet hatten, war Irena Barkemeyer etwas aufgefallen, dass ihre volle Aufmerksamkeit auf sich zog und die beiden Rechtmedizinerinnen zu einer ausführlichen Diskussion führte.

»Das Tattoo ist ganz frisch. Man sieht noch eine leichte Entzündung und die übliche Reizung der Haut.« Sie deutete auf die von getrocknetem Blut umrandeten Zahlen im Nacken von Timo Jürgens.

»Was schätzen Sie, wie lange es her ist?« Elena Braun sah sie fragend an.

Wollte ihre Kollegin sie testen? Irena Barkemeyer schürzte die Lippen. »Ich würde sagen, nicht mehr als vierundzwanzig Stunden. Vielleicht achtundvierzig.« Elena Braun nickte zustimmend. »So sehe ich das auch.«

»Dann wurde das Tattoo ein oder zwei Tage vor seinem Tod gestochen. Ob da ein Zusammenhang besteht?«

Eine Pause folgte, dann: »Ich denk mal laut«, sagte Braun nachdenklich und begann im Raum herumzuspazieren. Als sie an einem der anderen Sektionstische vorbei kam, schnappte sie sich eine der kleineren Knochenscheren und begann unbewusst, damit herumzuspielen. Irena

Barkemeyer folgte ihrer Wanderung mit den Augen. Sie hatte sich mit vor der Brust verschränkten Armen an die Wand gelehnt und es sich bequem gemacht.

»Nehmen wir mal an, dass diese Zahl, also das Datum, tatsächlich den Todestag markiert, dann ergäben sich mehrere Möglichkeiten.« Sie machte eine kurze Pause, dann fuhr sie mit erhobenem Zeigefinger fort: »Erstens: es wurde ihm unter Zwang gestochen. Dann würden zwischen Todeszeitpunkt und dem Stechen mindestens ein ganzer Tag liegen. Wo war er in dieser Zeit? Warum hat er nicht versucht, seinem Schicksal zu entgehen? Warum ist er nicht zur Polizei gegangen oder abgehauen? Wusste er was das Tattoo zu bedeuten hatte?«

Die Rechtsmedizinerin schwieg. Sie wartete auf den zweiten Grund und wollte ihre Kollegin nicht bei ihren Gedankengängen unterbrechen.

»Zweitens: Er hat es sich freiwillig und/oder auf eigene Veranlassung stechen lassen.« Braun machte eine weitere Pause und schaute sie nun direkt an, nun erwartete sie wohl eine Antwort. Irena Barkemeyer stieg in die Spekulation ein:

»Möglich. Dann muss das Datum aber meiner Meinung nach eine andere Bedeutung haben. Soviel steht fest: Sein Geburtsdatum ist es nicht. Auch nicht das von irgendwelchen Kindern oder einer Exfrau. Jürgens war nicht verheiratet. Keine Kinder. Das habe ich bereits überprüft.«

»Okay. Ich finde diese Möglichkeit auch eher unwahrscheinlich. Das Tattoo und der Tod liegen mir auch zu dicht beieinander für einen solchen Zufall.«

»Es könnte aber auch noch eine andere Möglichkeit geben. Dem Opfer wurde das Tattoo in Narkose, beziehungsweise als er bewusstlos war, verpasst. Als er wieder zu sich kam wusste er dann nichts damit anzufangen. Dass es sein Todestag werden würde, konnte er nicht ahnen. Vielleicht hat er es für einen bösen Scherz gehalten?«

»Böser Scherz? Ich bitte Sie, Irena. Wer macht denn sowas?«

»Das hat es alles schon gegeben. Ein Bekannter von mir hat sich im Suff sogar mal eine Waschmaschine auf den Oberarm tätowieren lassen.«

»Ja, im Suff. Das sehe ich ein. In einer Fernsehshow hat sich neulich irgend so ein Idiot sogar ein Tattoo stechen lassen, damit sein Kumpel vielleicht einen Porsche gewinnt! Total krank. Jetzt hat der einen Pinguin auf dem Fuß. Aber ein bedeutungsloses Datum? Ich weiß nicht ...«

Ein kurzer Moment des Nachdenkens breitete sich im Raum aus.

»Wenn man bedenkt, dass er aus der Rockerszene stammt, dann ist vieles möglich«, sagte Irena Barkemeyer und nahm den Faden wieder auf. Sie deutete auf die unzähligen, teilweise schon sehr ausgeblichenen anderen Tattoos, die seinen Körper überzogen und auf den fehlenden Finger an seiner Hand. »Das hier zum Beispiel sieht für mich sehr nach einem gezielten Schnitt aus. Nicht nach einem Unfall.«

»Eine Mutprobe wie bei den japanischen Yakuza?« Elena Braun runzelte die Stirn.

»Möglich. Warum nicht. Es ist bekannt, dass auch andere kriminelle Vereinigungen ein Zeichen der Loyalität von ihren Mitgliedern erwarten.«

»Oder die Tätowierung hat möglicherweise einen rechtsradikalen Hintergrund«, tönte plötzlich eine dumpfe Stimme aus dem Hintergrund herüber. Die beiden Rechtsmedizinerinnen fuhren zusammen. Sie waren so in ihr Gespräch vertieft gewesen, dass sie nicht bemerkt hatten wie Hauptkommissar Werner Vollmers den Obduktionsaal betreten hatte und schweigend Teilen ihrer Unterhaltung gelauscht hatte.

Er lächelte müde. »Hallo zusammen. Bitte entschuldigt. Ich wollte Euch nicht erschrecken.« Er kam zu den beiden herüber, zog ein Stofftaschentuch aus der Hosentasche und hielt es sich vor die Nase. *Ich werde mich nie an den Geruch gewöhnen*, dachte er, als er an den Tisch herantrat und die nun nackte Leiche betrachtete. Auf eine förmliche Begrüßung verzichtete er. Dafür kannten sich die beiden alten Hasen schon zu lange. Und auch Irena Barkemeyer hatte er mittlerweile als ein vollwertiges Team-Mitglied akzeptiert und schätzen gelernt. Kein Grund also für eine Sonderbehandlung.

»Ihr habt also ein Tattoo entdeckt, das den möglichen Todeszeitpunkt abbildet?« Er hielt sich nicht lange mit der Frage nach der Todesursache auf. Die lag auf der Hand.

»Richtig«, antwortete Irena Barkemeyer, noch bevor ihre Vorgesetzte etwas sagen konnte. »Im Nacken. Direkt unter der Eintrittswunde«, sie holte kurz Luft, »die nebenbei bemerkt übrigens mit Schmauch- und Verbrennungsspuren versehen ist.«

»Wir können also von einem aufgesetzten Schuss ausgehen?«, unterbrach sie der Kommissar.

»Ja. Timo Jürgens ist regelrecht hingerichtet worden.«

»Das hatte ich befürchtet«, sagte Vollmers und wandte sich wieder dem Leichnam zu, der Gott sei Dank mit dem Gesicht nach unten auf dem Tisch lag, so dass er das halb weggerissen Gesicht, das ihn sicherlich wieder in seinen schlaflosen Nächten verfolgen würde, nicht sehen musste. Das Verlangen nach einer Zigarette wuchs. Elena Braun trat ihm zur Seite und zeigte auf das Einschussloch: »Das Projektil, das Torben Kuck gesichert hat, schicke ich nach Wiesbaden. Mal sehen, ob wir einen Treffer erhalten.« Vollmers schwieg, während er jedes Detail in sich aufnahm, dann drehte er sich abrupt um und fragte:

»Kannst du mir sonst schon etwas sagen?«

»Lass mir etwas Zeit. Wir haben die erste Runde durch. Die ersten Eckdaten müssen dir reichen. Liegt bereits alles in der Datenbank. Deine Kollegen haben auch schon Zugriff. Damit könnt ihr erst mal arbeiten.« Sie blickte auf einen erst kürzlich neu installierten Monitor, der ebenfalls an der Wand montiert war. »Wie ich sehe, hat dein Kollege soeben bereits auf unsere Dateien zugegriffen. Fleißiger Bursche, dieser Melchert.« Sie grinste und fuhr fort, während Werner Vollmers nachdenklich in seinem Sakko nach seinen Zigaretten fingerte.

»Wir werden uns nun dem Rest widmen. Toxikologie, Blut, Fingernägel, Innereien und so weiter ...«

Der Kommissar wusste was nun kommen würde. Die beiden würden sich die sterblichen Überreste nun von innen angucken und den Leichnam auf weitere Auffälligkeiten untersuchen. Alles konnte hilfreich sein. Jeder noch so kleine Hinweis zum Täter führen. Er zog ein Schachtel Boston hervor, nahm eine Zigarette heraus und steckte sie sich in den Mund. Ein tadelnder Blick von Elena Braun folgte.

»Frau Barkemeyer würde Sie uns bitte kurz alleine lassen? Sie könnten bitte schon mal die Behälter für die Tox-Proben holen und vorbereiten.« Irena Barkemeyer zögerte kurz, dann verstand sie den Wink und verschwand augenblicklich im nebenan liegenden Labor.

»Bei dir alles in Ordnung Werner?« Als Antwort zuckte Vollmers nur mit den Schultern und schickte sich an, den Raum durch eine kleine Tür, die zu einem Hof gehörte, der sich am südlichen Teil des Gebäudes befand zu verlassen. Er holte sein Feuerzeug aus der Tasche und zündete die Boston an.

Als er bereits fast draußen war, drehte er sich nochmal zu der zurückgebliebenen Rechtsmedizinerin um und fragte: »Schickst du mir nachher alles rüber, ja?« Er nahm einen tiefen Zug. »Und wenn es geht auch auf Papier.« Er versuchte zu lächeln. Doch die nett gemeinte Geste misslang und verkümmerte zu einem peinlichen Versuch.

Sie streckte zur Bestätigung nur den Daumen ihrer rechten Hand nach oben und zwinkerte ihrem alten Freund aufmunternd zu. Der Kommissar nickte. Ein gemurmeltes »Danke Dir!« verließ mit Werner Vollmer den Obduktionssaal und ließ eine besorgte Elena Braun zurück.

6

Während Anke Frerichs die Wohnung von Timo Jürgens unter die Lupe nahm und Werner Vollmers in der Rechtsmedizin nach ersten Erkenntnissen fragte, tat der ehemalige Journalist, wie ihm sein Chef geheißen hatte. Er recherchierte und war dabei eine Umfeldanalyse zu erstellen.

Timo Jürgens und die Rockerszene. Enno Melchert näherte sich diesem, für ihn neuen Bereich, wie immer mit einer umfassenden Internetrecherche. Er durchforstete Blogs, besuchte Internetseiten, Facebook und ließ natürlich auch Wikipedia nicht aus. Für ihn nicht seine erste Wahl, wenn es um fundierte, absolut zuverlässige Informationen ging, dennoch oft sein Anlaufpunkt Nummer 1, wenn es darum ging sich schnell und unkompliziert einen Überblick über ein bestimmtes Themengebiet zu verschaffen. So wurde er auch dieses Mal fündig. Er las, kopierte, ordnete, fasste zusammen und bereitete die Daten für seine Kollegen vor.

Anschließend machte er sich über die interne Datenbank der Polizei her. Hier lag sein Fokus nicht mehr auf den allgemein zugänglichen Informationen, sondern auf gebietsbezogenen Details, Vorfällen aus der Vergangenheit und selbstverständlich auf straffällig gewordenen Personen.

Wie er bereits online gesehen hatte, war Timo Jürgens aus polizeilicher Sicht kein unbeschriebenes Blatt. Zwar handelte es sich immer um kleinere Delikte, aber eine durchgehend kriminelle Laufbahn war klar zu erkennen. Vor einigen Jahren hatte er sogar einige Tage in der Oldenburger Justizvollzugsanstalt in Kreyenbrück verbracht. Ironischerweise nicht wegen irgendwelcher Straftaten, sondern wegen ausstehender Steuerzahlungen. Das war aber mittlerweile erledigt. Einige kleine Verstöße folgten, insgesamt aber nichts von wirklicher Bedeutung. Anschließend widmete er sich den persönlichen Details, forderte Bankunterlagen an, checkte die Familienverhältnisse und durchforstete das Netz nach Onlineprofilen des Opfers.

Das Klingeln seines Telefons riss ihn aus seinem Tun. Er stoppte den auf seinem Computer installierten Musikstreaming-Dienst und hob ab. Es war Anke Frerichs.

»Hallo Enno, kurz zur Info. Ich bin jetzt in der Wohnung von Timo Jürgens. Ein echtes Drecksloch kann ich dir sagen. Das nächste Mal machst du das!« Eine Pause folgte, die Verbindung war nicht besonders gut. Nach einem Rascheln: »Ich habe die ganze Bude auf den Kopf gestellt. Hier ist auch kein Computer zu finden.« Erneutes Rauschen.

»Dann muss ihn der Killer mitgenommen haben«, antwortete Enno Melchert. »Ich habe hier einige interessante Onlineprofile gefunden: Facebook, Fischkopf, Instagram und diverse Einträge auf einschlägigen Biker-Plattformen. Der Typ muss also irgendein Gerät gehabt haben, so aktiv wie der im Internet war.«

»Verstehe. Ich gucke mich hier nochmal etwas genauer um. Kuck und seine Jungs kommen gleich auch noch und nehmen dann hier alles auseinander. Vielleicht finden die ja noch was. Auf jeden Fall habe ich hier schon etwas Interessantes entdeckt. Eine schwarze Lederkutte.«

»Na, das ist ja wirklich eine außergewöhnliche Entdeckung«, ärgerte Enno Melchert sie. »Ein Rocker mit einer schwarzen Lederweste, uuuuh, das ist ja eine ganz heiße Spur.«

»Lass die blöden Witze Enno«, tadelte sie ihren Kollegen. »Das Interessante ist nicht die Weste, sondern der Aufnäher darauf. Ich schick dir gleich mal ein Foto per SMS. Wenn ich hier fertig bin, komme ich zu dir ins Büro. Bis nachher.«

»Ist gut. Immer man rüber damit«, antwortete Enno Melchert und legte auf.

Wenige Sekunden später kündete das leise Brummen seines Smartphones das Eintreffen einer Kurznachricht an. Er öffnete die App und betrachtete das Bild. Es zeigte einen Aufnäher in gelbrot gehalten, mit einem Symbol, das ihm soeben bei seinen Internetrecherchen untergekommen war. Es war das Zeichen für einen so genannten »Anwärter«, jemanden, der sich um die Mitgliedschaft in einem Rocker-Club bemühte und zum Zeichen seines Status' diesen Patch tragen durfte. Timo Jürgens war also doch tatsächlich Mitglied einer Rocker-Gang, wenn auch in der clubinternen Hierarchie ganz weit unten angesiedelt.

Er wollte gerade weitermachen, als eine weitere Nachricht, diesmal auf seinem Monitor, auftauchte. Die Message signalisierte, dass der elektronischen Fallakte ein Bericht hinzugefügt worden war. Enno klickte auf den Link, ein weiteres Fenster öffnete sich. Die ersten Untersuchungsergebnisse der Rechtsmedizin lagen vor. Neugierig begann er zu lesen, was seine Kolleginnen Elena Braun und Irena Barkemeyer herausgefunden hatten.

***

»Jeder Häftling erhielt damals, bei der Aufnahme in ein KZ, eine Registrierungs- oder Häftlingsnummer. Ab dem Moment hatte er keinen Namen mehr, sondern wurde nur noch mit dieser Nummer angesprochen.« Enno Melchert schluckte und machte eine kurze Pause.

Schweigen. Eine bleierne Schwere hatte sich über das mittlerweile im Halbdunkel liegende Büro gelegt. Werner Vollmers und Anke Frerichs hörten ihm aufmerksam zu. Er hatte einige Informationen zu einer möglichen Bedeutung des Tattoos zusammengetragen.

»Im Normalfall wurden diese Nummern nur an der Kleidung angebracht. Im Konzentrationslager Auschwitz wurden sie den Häftlingen zusätzlich auch noch eintätowiert. Meistens in den linken Arm. So konnten die Nazischweine entkleidete Leichen oder geflohene Häftlinge leichter identifizieren.« Werner Vollmers schürzte die Lippen und drehte sich weg. Enno fuhr fort, er wusste, dass der alte Ermittler trotzdem voll bei der Sache war.

»Bei Kindern die im Lager geboren wurden, waren die Nummern stattdessen auch auf den Oberschenkel tätowiert, weil auf den kleinen Ärmchen nicht genug Platz war.« Er atmete kurz durch. Auch er empfand die von ihm recherchierten Fakten, obwohl er sich ja bereits damit auseinandergesetzt hatte, noch immer als harten Tobak.

»In Auschwitz gab es zusätzlich noch andere Einstufungen. Sogenannte Serien. Z für Zigeuner, R für Russen und so weiter. Die Nummern und Serien wurden in der Buchhaltung, die jedes Lager hatte, erfasst und bei den täglichen Appellen vorgelesen. Veränderungen, damit meinte man: Tod, Übergang ins Revier oder Entlassungen, wurden anhand dieser Nummern kontrolliert. Außerdem dienten sie auch zur In-Rechnung-Stellung der Häftlingsarbeit an Firmen oder Behörden.« Enno blätterte um. Auf der spärlich bedruckten Seite stand nur noch ein abschließender Satz.

»Anhand der Nummern war in der Nachkriegszeit oftmals nur noch so eine Identifizierung, bzw. eine Klärung über den Verbleib von Vermissten möglich.«

Anke Frerichs blickte betroffen zu Boden, eine einzelne Träne ran ihr über die linke Wange. Der Bericht ihres Kollegen hatte sie an ihrem wunden Punkt getroffen. Mit leiser Stimme sagte sie:

»Mein Opa hatte auch so eine Nummer auf dem Arm.«

Enno Melchert legte Ihr tröstend eine Hand auf dem Arm. »Meinst du wir haben wir es mit einem rechtsradikaler Ansatz zu tun?« Anke zuckte mit den Schultern und zog ein Taschentuch hervor um sich zu schnäuzen.

»Das glaube ich nicht!«, entgegnete Vollmers unnatürlich barsch. »Ich tippe eher in Richtung organisierte Kriminalität.«

Enno Melchert drehte sich zu seinem Chef um. »Ich eigentlich auch. Bei der Nummer handelt es sich ja auch nicht um eine eintätowierte Registrierungsnummer, sondern um ein Datum. Das vermutliche Todesdatum.« Er setze sich wieder an seinen Rechner und tippte ein paar Befehle in die Tastatur.

»Ich habe außerdem eine interessante Akte gefunden, die unter den Code-Namen ›Old man John‹ geführt wird. Die hört sich auch sehr vielversprechend an. Nach diesen Unterlagen sucht das BKA schon seit einiger Zeit nach einem mysteriösen Killer ohne Namen und Gesicht, dem mehr als zwanzig Auftragsmorde zugeschrieben werden.« Er machte eine kurze Pause um die Worte wirken zu lassen, dann fuhr er fort: »Hinter vorgehaltener Hand nennt man ihn: Old man John. Das ist quasi der Spitzname des Killers in der Szene. Er geht auf einen ehemaligen, legendären Präsidenten der Hells Angels zurück«, sagte der Ermittler und blätterte erneut um.

Vollmers kraulte seinen Bart, während er nachdenklich auf die im Zimmer stehende Pinnwand blickte, die bereits mit den ersten Fakten und Fotografien bestückt worden war. »Hmmh. Möglich. Zumindest ein erster brauchbarer Ansatz. Sonst ist ja bisher nichts Auffälliges zu Tage getreten, oder?«

Enno nickte. »Die Umfeldanalyse hat bis jetzt nichts ergeben. Ich bin da aber weiterhin dran.

Die Kontodaten und Passwörter zu Social Media-Profilen fehlen mir noch. Danach kann ich mehr sagen. Ansonsten scheint dieser Jürgens ein ziemlicher Einzelgänger gewesen zu sein.«

»Bis auf die Kutte … äh … seine Anwartschaft bei den Rockern. Er wollte wohl irgendwo dazugehören?«, warf Anke Frerichs ein.

»Wir müssen da näher ran«, sagte Werner Vollmers und nahm einen Schluck von seinem mittlerweile erkalteten Kaffee. Angewidert verzog er das Gesicht und stellte die Tasse zurück auf seinen Schreibtisch.

»Aber wie?«, fragte Enno Melchert.

»Das ist die Frage.« Vollmers zuckte mit den Schultern, drehte sich zum Fenster um und blickte hinab auf den Friedhofsweg, auf dem gerade, als hätte irgendein überirdischer Regisseur seine Finger im Spiel gehabt, ein schwarz gekleideter Mann auf einer Harley-Davidson entlang fuhr.

»Vor einigen Jahren hat es mal ein Polizist geschafft die Hells Angels zu infiltrieren. Er war ganz nah dran – bis die Sache irgendwann zu heiß wurde. Er hat, glaube ich, danach sogar ein Buch über seine Erfahrungen geschrieben«, sagte Anke Frerichs.

Enno nickte. »Das habe ich sogar gelesen. Es heißt: Falscher Engel: ›Mein Höllentrip als Undercover-Agent bei den Hells Angels‹. Zwei Jahre lang arbeitete dieser Jay Dobins bei den Angels als verdeckter Ermittler. Super interessant. Kann ich euch mal leihen.« Er blickte fragend in die Runde. Die beiden anderen schauten ihn nur unentschlossen an und schwiegen, während er noch einen oben drauf legte:

»Ich habe noch ein anderes, ganz interessantes Buch zu dem Thema gelesen. Es heißt ›Höllenritt: Ein deutscher Hells Angel packt aus‹ von Bad Boy Uli, mit bürgerlichem Namen Ulrich Detrois. Auch nicht uninteressant.«

»Enno! Das bringt uns doch hier jetzt nicht weiter ...«, pflaumte Anke Frerichs ihn an.

Abwehrend hob er die Hände. »Hey, bleib mal ruhig, Frau Kollegin! War ja nur so eine Idee.«

»Infiltration scheidet aus«, ging Vollmers dazwischen. »Das ist nicht unser Metier, dafür sind wir nicht ausgebildet – außerdem haben wir dafür zu wenig Leute.« Eine Pause folgte, dann: Trotzdem müssen wir uns etwas einfallen lassen. Nur nicht mehr heute.« Er schnappte sich sein Sakko und eilte in Richtung Tür davon. »Feierabend meine Damen und Herren. Wir sehen uns morgen in alter Frische!«

Verwundert blickten sich die beiden Ermittler an. Was war das denn jetzt? Sie hatten sich beide auf eine lange Nacht eingestellt, und nun das? Jeder gute Polizist wusste, dass die ersten achtundvierzig Stunden die wichtigsten bei einer Ermittlung waren. Sonst lief man Gefahr, dass die Spur kalt war bevor man piep sagen konnte.

»Was ist denn mit dem los?«

Enno Melchert zuckte mit den Schultern. »Keine Ahnung. Ich für meinen Teil will jetzt noch nicht nach Hause. Ich habe hier noch ein bisschen was zu erledigen.« Ohne ein weiteres Wort wandte er sich wieder seinem Computer zu, setzte seine Kopfhörer auf und startete die Musikwiedergabe. Ein deutliches Signal für Anke Frerichs, dass ihr Kollege ungestört einer Arbeit nachgehen wollte. Sie schnaufte. Sind denn hier alle nicht mehr ganz bei Trost? Ein Anflug von Frust bemächtigte sich ihrer. Hatte sie irgendwas falsch gemacht? Irgendwie fühlte sie sich ausgestoßen. Unschlüssig stand sie für einen Moment an ihrem Schreibtisch, dann fasste sie einen Entschluss. Trotzig schnappte sie sich ihre Jacke von der Stuhllehne und machte sich auf den Weg nach Hause. Zumindest da würde sie herzlich willkommen sein. Old man John, Enno Melchert und Werner Vollmers konnten ja scheinbar warten ...

7

Die Nordwest-Zeitung berichtet:

Zweiradmechaniker ermordet aufgefunden.

Am vergangenen Dienstag wurde der dreiundvierzigjährige Zweiradmechaniker Timo J. erschossen in seiner Werkstatt in Metjendorf aufgefunden. Er starb durch einen gezielten Kopfschuss.

Die Tat weist Parallelen zu früheren Morden in Bremen, Düsseldorf und Hamburg auf. J. werden Kontakte zum Rocker- bzw. Rotlichtmilieu nachgesagt. Die ermittelnden Behörden gehen daher davon aus, dass der Täter aus dem Bereich der organisierten Kriminalität kommen könnte. Aus gut unterrichteten Kreisen wurde der Redaktion ein weiteres, pikantes Detail zugespielt. Bei diesem Todesfall scheint eine mysteriöse, aus acht Zahlen bestehende Tätowierung eine Rolle zu spielen. Nach neuesten Informationen handelt es sich hierbei um das Todesdatum. Hauptkommissar Werner Vollmers, der erst kürzlich in die Schlagzeilen geriet, weil er einen mutmaßlichen Straftäter auf der Flucht erschossen hatte, wurde von der Staatsanwaltschaft mit den Ermittlungen betraut. Zeugen oder Personen die einen sachdienlichen Hinweis zu der Tat liefern können, werden gebeten sich umgehend bei der Polizei zu melden. Eine Belohnung wurde nicht ausgesetzt.

»Verdammte Scheiße, wie konnten die das wieder so schnell in Erfahrung bringen? Und woher wissen die das mit dem Datum? Wie konnte das durchsickern? Da muss doch irgendwer aus unseren Reihen geplappert haben.« Werner Vollmers warf die Zeitung auf den Küchentisch. Sein Kopf glühte feuerrot vor Wut.

Gabriele Vollmers saß mit betretenen Mienen da und ließen den Wutausbruch des Hauptkommissars schweigend über sich ergehen. Er hatte Recht. Irgendwer musste der Presse Informationen, wichtige Details, zugespielt haben. Doch wer? Vollmers hätte für jeden aus seinem Team die Hand ins Feuer gelegt, doch eins stand fest, sie hatten einen Maulwurf, jemanden, der interne Informationen an die Presse herausgab. In Gedanken ging der Kommissar die einzelnen Leute im Präsidium durch, kam aber zu keinem befriedigenden Ergebnis. Durch die neuen, EDV-gestützten Ermittlungsverfahren konnte so ziemlich jeder, der über die entsprechende Berechtigung verfügte an die Inhalte heran. Das war auch so gewollt. Es ging um Transparenz und eine kommissariatsübergreifende Zusammenarbeit. Vollmers stand dem Ganzen kritisch gegenüber. Natürlich hatte das neue System Vorteile. Auf der anderen Seite machte es sie auch angreifbar. Außerdem hatte es an den entscheidenden Stellen noch große Lücken. Zum Beispiel, wenn es um länderübergreifende Ermittlungen ging. Ging es um den Austausch von Daten zwischen den Bundesländern, versagte das System. In Vollmers Augen der absolute Wahnsinn. Hier standen sich die Ermittlungsbehörden selber im Weg. Statt an einer einheitlichen Lösung zu arbeiten, kochte hier jeder sein eigenes Süppchen. Doch was regte er sich auf. Er hatte sich nur noch wenige Wochen mit dem Mist herumzuschlagen. Und so lange hatte er Enno Melchert für den ganzen Computerkram.

Enno Melchert. Jörg Wagenfeld. Die beiden Namen geisterten unablässig durch sein Gehirn. Er hoffte, dass die bald anstehende Befragung ohne große Probleme über die Runden gehen würde, sonst sah die Sache übel für die beiden Ermittler aus. Dann war es nichts mit dem gemütlichen Ruhestand.

Er riss sich aus seinen trüben Gedanken und stand auf, um sich noch einen Kaffee zu machen. Es würde heute mit Sicherheit ein langer Tag werden, denn er hatte nicht vor mit einem ungelösten Fall in Ruhestand zu gehen.

***

Als Enno Melchert an diesen Morgen gegen neun Uhr dreißig ins Büro der drei Ermittler gestürmt kam, saßen Anke Frerichs und Werner Vollmers, beide jeweils einen Becher mit Kaffee in ihrer Linken, in der Rechten seine Ausarbeitungen, an ihren Schreibtischen und lasen, was der junge Leeraner in der Nacht zuvor recherchiert hatte.

»Morgen«, sagte er knapp, warf seine Tasche auf den Tisch und startete seinen Rechner.

»Lange Nacht gehabt?«, fragte Anke Frerichs, der seine zerwühlten Haare und die Ringe unter seinen Augen nicht entgangen waren. Ein gemurmeltes Gegrummel war die Antwort. Vollmers blickte von seinem Schreibtisch auf: »Hol dir erstmal einen Kaffee. In einer halben Stunde treffen wir uns mit Jana Lewandowski. Sie kann uns vielleicht in Fragen der Gruppendynamik von Motorradclubs behilflich sein. Es reicht, wenn du dann wieder fit bist. Gute Arbeit soweit«, und widmete sich wieder den Unterlagen.

Anke Frerichs ahnte, dass Enno nicht allein wegen seiner Nachtschicht nicht aus dem Bett gekommen war. Irgendwas in Sachen neue Freundin dürfte der Grund gewesen sein. So vermuteten sie zumindest. Dass da jemand Neues im Spiel war, war bereits durchgesickert, um wen es sich aber handelte, darüber schwieg sich Enno Melchert sogar gegenüber seiner Kollegin aus. Hätte die Polizistin einen Tipp abgeben müssen, hätte sie auf Mandy Dittchen, die flotte Blondine vom Empfang gewettet. Es war ein offenes Geheimnis, dass sie in den jungen Ermittler verschossen war. Auf der letzten Feier hatte es kräftig zwischen den beiden gefunkt. Ob nun etwas Ernstes daraus geworden war?

Der ehemalige Journalist warf seine Jacke über den Stuhl und machte sich mit der Senseo im Schrank einen doppelten Espresso. Nach einem großen Schluck ging es ihm etwas besser. Das Koffein gab einen Energieschub und weckte seine Lebensgeister.

In der Tat hatte er in der letzten Nacht so gut wie gar nicht geschlafen. Erst morgens um kurz vor acht war er schließlich für ein paar Minuten eingenickt. Das Klackern der Haustür hatte hin kurz darauf wieder geweckt. Mit einem Blick auf den Wecker war er hochgeschreckt, hatte sich in seine Klamotten geworfen und war ohne sich zu waschen und die Zähne zu putzen direkt ins Präsidium geeilt.

***

Gut eine Stunde später hatten sich die vier Polizisten in eine heftige Diskussion verstrickt.

Jana Lewandowski, die Polizeipsychologin, hatte sich mittlerweile zu den drei Ermittlern hinzugesellt und mischte kräftig mit. Sie hatten sich vor einem großen Flachbildschirm versammelt, der seit kurzem bei ihnen im Büro hing und für Präsentationen aller Art eingesetzt wurde. Ennos neues Spielzeug maß satte 60 Zoll Bildschirmdiagonale und war mit dem Internet verbunden. Es konnte die gute alte Pinnwand zwar nicht ersetzen, machte aber in Meetings maximal Sinn. Mehrere Fenster und Dokumente waren geöffnet und auf dem Bildschirm angeordnet. Wie so oft ging Enno Melchert gerade einer seiner Lieblingstätigkeiten nach, er dozierte: »Seit September 2014 sind in Niedersachsen die Symbole und Insignien von insgesamt 26 Rockervereinigungen verboten.« Er machte eine kurze Pause und scrollte am Bildschirm etwas nach unten, bis er eine Auflistung fand, dann fuhr er fort: »Darunter fallen neben den Hells Angels, den Chicanos, den Mongols und dem Gremium MC auch die Bandidos. Das Gesetz besagt, dass, wer öffentlich die verbotenen Kennzeichen der Motorrad-Clubs verwendet, sich laut Innenministerium strafbar macht.«

»Und wie wirkt sich das in der Praxis aus?«, fragte die Psychologin in die Runde und nippte an ihrem Tee.

»Ganz einfach. Stellen die Kollegen, deren Vereinskennzeichen, zum Beispiel das Logo, auf der Kleidung, als Tätowierung, an Gebäuden, an Kraftfahrzeugen, auf Internetseiten oder Facebook-Profilen fest, können sie sofort Ermittlungsverfahren einleiten«, antwortete Enno.

»Und dadurch soll ihnen ihre Identität genommen werden? Was hat das denn für einen Sinn?« Diesmal stellte Anke die Fragen, die auch Werner Vollmers unter den Fingernägeln brannten.

»Wenn diese Gruppierungen nicht mehr einheitlich auftreten können, dann hat das sowohl psychologisch für die Mitglieder, als auch in der Außenwirkung durchaus eine gewisse Bedeutung«, sagte Jana Lewandowski und goss sich noch etwas heißes Wasser in ihren Becher nach. Seit kurzem hatte sich, auf Ennos Betreiben, zu der Senseo-Kaffeemaschine im Schrank auch ein Heißwasserkocher hinzugesellt. Außerdem war ein umfangreiches Sortiment an Teebeuteln dazu gekommen. Und das obwohl keiner der drei Polizisten Tee mochte. Anke Frerichs und Werner Vollmers hatten diesen Umstand amüsiert, mit einem Augenzwinkern zur Kenntnis genommen.

»Deswegen hatte Jürgens seine Kutte auch zuhause und trug sie nicht, als wir ihn aufgefunden haben?«

»Genau. In der Öffentlichkeit durfte er sie nicht tragen. Verboten!«

»Das kann man auch ganz gut an dem Vereinsheim der Bandidos an der Alexanderstraße erkennen. Alle Logos mussten ab. Die Biker haben das aber ganz clever gelöst, das muss man ihnen lassen«, nahm Enno Melchert den Ball auf.

»Wieso?«, warf Werner Vollmers ein.

»Das musst du dir mal angucken. Die haben alles einfach mit dem Schriftzug ›Zensiert‹ überklebt. So sind die Zeichen an der Häuserwand ihres Oldenburger Klubs zwar verschwunden, aber, da sie die Vereinsfarben gewählt haben, wirkt es im Vorbeifahren fast so, als ob da noch der ursprüngliche Text stehen würde.«

»Haben die Rocker jetzt etwa auch noch Marketing- und Werbefachleute beschäftigt?« Anke schüttelte verwirrt den Kopf. In ihren Augen waren diese Vereinigungen immer noch bunte, wenn auch brutale Haufen von langhaarigen, pöbelnden Motorradfahrern, aber so wie es aussah, musste sie wohl schleunigst ihr Weltbild zurechtrücken.

»Du wirst lachen. Das ist nicht unwahrscheinlich. Die sind viel besser organisiert als die Meisten meinen. Die einzelnen Chapter werden wie richtige Wirtschaftsunternehmen geführt. Mit Steuerberater, Rechtsabteilung, Marketingfachleuten und so weiter …«

»Wie auch immer. Nun mal wieder zurück zum Tagesgeschäft. Meint ihr, dass die Schüsse auf das Club-Haus etwas mit unserem Fall zu tun haben?« Ankes Frage zielte auf ein weiteres Dokument beziehungsweise einen Vorfall ab, den Enno Melchert in der letzten Nacht ausgegraben hatte.

»Schwer zu sagen«, Enno zuckte mit den Schultern. »Ich habe mir mal das Protokoll der Kollegen von der ZKI aus dem Rechner gezogen und durchgearbeitet. Es deutet nichts darauf hin. Auch die Hausdurchsuchung hat, meiner Meinung nach, keine neuen Hinweise ergeben, die uns weiterhelfen könnten. Könnt ihr hier alles nachlesen.« Er wedelte mit einem Packen an Ausdrucken. »Ehrlich gesagt ist es insgesamt eher dürftig. Merkwürdig dürftig.«

»Hausdurchsuchung?« Die blonde Kommissarin war plötzlich aus ihrem Stuhl hochgefahren. »Wieso wissen wir nichts davon? Die hätten uns doch Bescheid geben müssen.« Erregt schlug sie mit der Faust auf den Tisch.

»Hey, Anke. Komm mal wieder runter«, mahnte sie der ältere Kommissar zur Ruhe. »Es steht doch noch gar nicht fest, dass unser Toter etwas mit den Rockern zu tun hat.«

»Außerdem machen die Jungs von der ZKI eh was die wollen«, ergänzte Enno Melchert.

»ZKI?« Die drei Buchstaben hingen im Raum. Die Psychologin sah fragend in die Runde.

»Die Zentrale Kriminalinspektion. Eine Art Spezialabteilung. Die sind auf die Bekämpfung der organisierten Kriminalität spezialisiert«, antwortete Enno Melchert. Mit einem Zwinkern und einer Kusshand bedankte sich Jana Lewandowski bei ihrem Kollegen.

»Die gehen auf jeden Fall nicht von einem Anschlag eines rivalisierenden Motorradclubs aus. Angeblich handelt es sich bei dem Schützen um einen Täter, der nicht aus der Szene kommt. Er soll nach einem persönlichen Disput wohl zur Waffe gegriffen habe. So steht es zumindest im Bericht.« Sie befeuchtete ihren Finger mit der Zunge und blätterte um. Eine dumme Angewohnheit, mit der ihr Kollege sie immer aufzog. »Komisch ist nur, dass der Name des Tatverdächtigen hier nicht aufgeführt ist«, fuhr Anke Frerichs fort, die sich eines der von Enno zusammengestellten Dossiers von seinem Tisch geschnappt hatte und es beiläufig begonnen hatte zu überfliegen. Jana Lewandowski spickte ihr dabei über die Schulter. Enno Melchert hatte sich seinem Computer zugewendet.

Konstruktives Schweigen breitet sich unter den vier Polizisten aus. Werner Vollmers blickte auf die Uhr. »Ich werde mich dann mal auf die Socken machen. Ihr macht hier weiter.«

»Viel Glück.« Enno Melchert blickte kurz von seinem Platz auf. Ein besorgter Schatten zeigte sich auf seinem Gesicht. Die beiden Frauen waren zu sehr in Gedanken vertieft. Sie registrierten gar nicht wie ihr Kollege den Raum verließ. Heute war der große Tag. Werner Vollmers würde vor der internen Untersuchungskommission aussagen müssen. Die beteiligten Kollegen waren weitestgehend alle bereits befragt worden. Er würde nun als Letzter drankommen ...

***

Er war unglaublich froh und erleichtert, dass es endlich vorbei war. Entnervt und abgespannt trat er vor die Tür des Polizeipräsidiums und kramte aus der Innentasche seines braunen Cordsakkos seine Zigaretten hervor.

Die Hand schützend vor die träge im Wind flackernde Flamme seines goldenen Dupont-Feuerzeuges haltend, zog er an der Boston und ließ in Gedanken die letzten zwei Stunden der Befragung durch die innere Revision nochmals Revue passieren. Im Großen und Ganzen war es sogar besser gelaufen, als er zu hoffen gewagt hatte. Letztendlich waren die Vertreter der Staatsanwaltschaft zu dem Schluss gekommen, dass der Schusswaffeneinsatz des altgedienten Hauptkommissars, der zu dem bedauerlichen Tod von Jörg Wagenfeld geführt hatte, als akzeptabel eingestuft werden konnte. Es war mehr oder minder ein bedauerlicher Unfall gewesen, so das Fazit der internen Ermittler.

Er hatte nicht damit gerechnet, dass sie schon heute eine Entscheidung fällen würden. Nun fiel eine große Last von ihm ab. Den Kopf in den Nacken gelegt, den Kopf in den Himmel gestreckt atmetet er dunkle Rauchwolken in den Abendhimmel. Sie waren gerade nochmal davongekommen. Er vermutete, dass er es wohl seiner langjährigen Karriere und seinem einwandfreien Leumund zu verdanken hatte, dass manche Fragen nicht, oder nur im Ansatz gestellt worden waren.

Möglicherweise spielte auch der Anruf von Stadtratsmitglied Franz Köhler eine Rolle, der mittlerweile aus dem Krankenhaus entlassen und auf dem Wege der Besserung war. Er würde zwar für immer entstellt und auf einem Auge blind bleiben, aber er hatte überlebt – und Vollmers hatte das Versprechen, das er seiner Frau gegeben hatte gehalten.

Er und sein Team hatten den Eindringling, der Tod und Verderben über Oldenburg gebracht hatte, zur Strecke gebracht und schlimmeres verhindert. Wie auch der Fallensteller, Thorsten Harders, ein Serienkiller, den die drei Ermittler vor ein paar Jahren gejagt hatten, hatte auch dieser Täter zum Schluss den Tod gefunden. Zwei Schüsse in die Brust hatten seinen Untaten ein Ende bereitet. Der Kommissar trat mit der Fußspitze die Zigarette aus. Er zögerte einen Moment, ließ den Blick über den sich langsam leerenden Polizeihof wandern und zündete sich noch eine weitere Zigarette an. Er brauchte noch etwas Zeit für sich. Einen kleinen Moment zumindest.

Unschlüssig was er gleich tun sollte zog er an seiner Zigarette. Ein Blick hinauf zeigte ihm, dass Enno und Anke Frerichs noch im Büro waren. Er zögerte. Eigentlich wollte er einfach nur nach Hause, sich vor seinem neuen elektrischen Kamin eine Flasche Clausthaler aufmachen und in die Flammen starren.

Aber sein Pflichtbewusstsein würde ihn wahrscheinlich wieder hinauf in den zweiten Stock zu seinen Kollegen führen. Außerdem warteten sie auf den Ausgang der Befragung. Besonders Enno saß sicherlich, aus lauter Sorge um seinen Ziehvater, wie auf heißen Kohlen in ihrem Büro und lauerte auf Vollmers erscheinen. Dabei schlugen zwei Herzen in der Brust des noch jungen Ermittlers. Zum einen bangte er um das Wohl seines Chefs, zum anderen um sein eigenes, denn sollte etwas schiefgehen, konnte diese Befragung auch für ihn weitreichende Konsequenzen zur Folge haben. Seinen Part hatte er glücklicherweise bereits überstanden. Nun kam es drauf an was Vollmer machen würde, denn wenn die internen Ermittler hinter das kleine Geheimnis, von dem nicht einmal ihre langjährige Kollegin und Vertraute Anke Frerichs etwas ahnte, gekommen wären, wären sie beide erledigt gewesen.

Welch Ironie. Dieses für die beiden Kommissare so wichtige Ereignis sorgte Tage später in der Presse nur für sehr wenig aufsehe. Wurden Misserfolge oder Fehler der Ermittlungsbehörden in großem Maße breitgetreten, war der Lokalpresse der Umstand, dass ein Ermittler für unschuldig gehalten wurde, lediglich eine bescheidene Randnotiz wert. Im hinteren Teil der Nordwest-Zeitung fand sich, unter den aktuellen Sportmitteilungen verborgen dieser Artikel:

Hauptkommissar Werner Vollmers freigesprochen

Hauptkommissar Werner Vollmers wurde gestern von einer internen Ermittlungskommission, die sich aus Mitgliedern des Landeskriminalamtes Niedersachen und der Staatsanwaltschaft Oldenburg zusammensetzte, von dem Vorwurf einer mögli-

cherweise vorsätzlichen bzw. fahrlässigen Tötung freigesprochen. Vollmers hatte vor Kurzem den als »der Eindringling« bekanntgewordenen Serienmörder Jörg Wagenfeld auf der Flucht erschossen.

Einen Seitenhieb konnte sich der verantwortliche Redakteur namens Herbert Eggers jedoch nicht verkneifen:

Im aktuellen Fall um den ermordeten Timo J. laufen die Ermittlungen hingegen schleppend. Laut Informationen aus Polizeikreisen gibt es aktuell keine heiße Spur. Die Ermittler tappen im Dunkeln. (egg)

Werner Vollmers drückte seine Zigarette aus und warf sie in den dafür vorgesehenen, an der Wand des neuen Gebäudeteils befestigten Aschenbecher. Böse Zungen behaupteten, dass er dort ausschließlich für den betagten Kommissar angebracht worden war. Was natürlich nur teilweise stimmte.

Sein Rücken schmerzte. Er hatte heute, im wahrsten Sinne des Wortes, viel ertragen müssen. Diese Sache war also überstanden, nun hieß es sich wieder dem aktuellen Fall anzunehmen. Sie kamen nur schleppend voran, was Vollmers in zunehmendem Maße nervte.

Die ZKI rückte keine brauchbaren Informationen raus, Ennos Ermittlungen verliefen im Sande, und auch die Befragungen im direkten Umfeld des Opfers hatten nichts außer weiteren Fragen gebracht. An die wirklich interessanten Personen, die vielleicht eine Antwort gehabt hätten, kamen sie nicht heran. Was die Kollegen vom ZKI betraf würde Vollmers intervenieren, und seine guten Kontakte zur Führungsriege des Präsidiums spielen lassen müssen, denn wenn hier in Zukunft nicht wenigsten eine gewisse Art der Zusammenarbeit erfolgte, konnten sie den Fall gleich begraben. Es gab zu viele unbekannte Hintergründe, die sie nicht kannten oder sich erst mühevoll erarbeiten mussten.

Morgen. Er würde sich morgen darum kümmern. Für heute hatte er die Nase gestrichen voll. Ein kurzer Abstecher ins Büro, dann würde er nach Hause fahren, sich in seinem Sessel verschanzen und die Ruhe vor dem Kamin genießen.

8

Die Nordwest-Zeitung berichtet – mit einem Kommentar von Herbert Eggers:

Oldenburger Rotlichtmilieu fest in der Hand von Rockerbanden

Nach einer neuesten Studie des niedersächsischen Landeskriminalamtes wird die organisierte Prostitution in Oldenburg überwiegend von den beiden Motorradclubs Hells Angels und Bandidos kontrolliert. Eine weitere Gruppe, die Mongols, die in anderen Städten, zum Beispiel in Düsseldorf, als Marktführer den Ton angeben, sind in Oldenburg bisher nicht bzw. nicht nennenswert präsent. Im Gegensatz zu anderen Städten, verhalten sich die höllischen Engel und die räuberischen Banditen, in der Öffentlichkeit bisher, Gott sei Dank, relativ unauffällig und friedlich. Auch hielten sich, die andernorts an der Tagesordnung liegenden Kämpfe oder Zwistigkeiten untereinander noch in Grenzen, so ein Polizeisprecher. Von einem Rockerkrieg kann in der Huntestadt also nicht die Rede sein. Doch deswegen ist noch lange nicht alles eitel Sonnenschein an der Hunte. Oldenburg ist eine wachsende Stadt – und die Prostitution wächst und gedeiht mit ihr. Nicht nur Nadorst, die ganze Stadt ist mittlerweile mit ›OPEN-Schildern‹ an den Wohnungen zugepflastert hinter denen junge Frauen ihrer Tätigkeit nachgehen. Doch die Zeiten im ältesten Gewerbe der Welt haben sich geändert.

Gab es früher das klassische Geschäftsmodell des breitschultrigen Zuhälters mit Sonnenbrille, Oberlippenbart und Lederweste, sieht das heute anders aus. Aus Zuhältern sind Vermieter und Facility Manager geworden. Rockerclubs erwerben oder mieten Immobilien, die dann mit eigenen Handwerksfirmen entsprechend dem angedachten Zweck hergerichtet und an die Damen der Zunft, als sogenannte ›Modelwohnungen‹ vermietet werden – teilweise zu abenteuerlichen Tagespreisen von 150 bis 250 € pro Raum. Was sich nicht geändert hat: Diese Leute sind hochkriminelle Menschenhändler und Sklaventreiber geblieben und dem gilt es Einhalt zu gebieten.

Oldenburg war bisher eine relativ saubere und lebenswerte Stadt. Aber wird das auch so bleiben? Der Mord an einem der Szene zugerechneten Motorradwerkstattbesitzer, Schüsse vor dem Vereinsheim der Bandidos in der Alexanderstraße und eine steigende Zahl von sonstigen Gewaltdelikten im direkten Umfeld von Bordellen und Modelwohnungen sind ein deutliches Signal für eine Entwicklung in die falsche Richtung.

Fazit: Hier muss die Politik Stärke zeigen, eine rote Linie definieren, die nicht überschritten werden darf, damit Oldenburg so lebenswert und sicher bleibt, wie bisher … (egg)

»Na, der traut sich aber was.«

Irena Barkemeyer schaute hinter ihrem Teil der Zeitung hervor und sah ihre Lebensgefährten Torben Kuck fragend an.

»Hier, der Artikel. Dieser Eggers. Wenn er sich da mal nicht mit den Falschen anlegt. Ich hätte mich das an seiner Stelle nicht getraut.« Die Rechtsmedizinerin runzelte die Stirn. Sie hatte keine Ahnung worüber ihr Freund da überhaupt sprach, zu vertieft war sie in einen Bericht über einen Oldenburger Thrillerautor namens Florian Gerlach gewesen, der im vergangenen Monat ein Buch mit dem Titel »Todesspiegel« veröffentlich hatte, in dem es um einen maskierten Serienkiller ging.

»Gib mal her!« Sie riss ihm die Zeitung aus der Hand und grinste ihn frech an.

»Hey!« Torben Kuck grinste zurück und machte einen Schmollmund. »Das ist aber meine.«

»Stell dich nicht so an. Jetzt gehört sie mir – genauso wie du.« Eine Kusshand flog über den Tisch. Er tat so, als ob die auf seiner Wange gelandet wäre und lächelte verliebt.

»Möchtest du noch einen Kaffee?«, fragte er und stand, seine Tasse in der Hand auf und ging in Richtung Küche.

Irena Barkemeyer antwortete nicht, sie war bereits zu sehr in den Artikel vertieft.

9

Der Leichenwagen der Firma Funke & Sohn fuhr, auf der Suche nach der richtigen Hausnummer, im abendlichen Halbdunkel langsam, die zu dieser Zeit nur wenig befahrene Ziegelhofstraße entlang. Immer wieder stoppte er kurz um sich zu vergewissern, dass er noch nicht an ihrem Ziel vorbeigefahren war. Dann stoppte er vor einem weißen Haus, in dessen penibel gepflegten Vorgarten Rosen standen und auf den nahenden Herbst warteten. Eine Gartenbank stand neben der Eingangstür und lud zum Verweilen ein. Hier war er richtig.

Einer der beiden Bestatter stieg aus und trat mit seinen ordentlich polierten Schuhen in eine Pfütze. Ein kurzes, aber heftiges Unwetter hatte Oldenburg vor einer guten Stunde heimgesucht und mal wieder diverse Keller und Abwasserkanäle zum Überlaufen gebracht.

Er fluchte, zog ein Taschentuch aus der Jacke und wischte den Schuh wieder sauber. Nichts war schlimmer, als bei einem Besuch wie dem ihren auch noch die Wohnung oder das Haus der Hinterbliebenen und Trauernden zu verdrecken.

Eduard Funke betätigte die rechts neben der alten Holztür angebrachte Klingel und zog noch einmal seine Krawatte gerade. Den jungen Mann an seiner Seite wies er an, es ihm gleich zu tun. Sein Krawattenknoten war etwas in Schieflage geraten. Nach kurzer Zeit öffnete ein auffällig gekleideter Herr mittleren Alters. Der Bestatter schätzte ihn auf Mitte Ende fünfzig. Dem zunächst freundlich dreinblickenden Mann wich plötzlich alle Farbe aus dem Gesicht, als er den Leichenwagen auf seiner Einfahrt, mit den ganz in schwarz gekleideten Herren vor seiner Tür in Verbindung brachte ...

»Unser Beileid. Herr ...«, er studierte zur Sicherheit nochmal das Türschild, um sich zu vergewissern, dass Sie richtig waren.

»Eggers. Herbert Eggers«, vervollständigte der Redakteur merklich irritiert den Satz des Bestatters.

Der blickte nun seinerseits irritiert zurück und fing hektisch an, in seinen Unterlagen zu kramen. »Sie sind ... äh ... nicht ... äh ...«

Sein Kollege, ein junger Mann Anfang zwanzig, begann unangenehm berührt von einem Bein auf das andere zu treten. Er spürte anhand der Reaktion seines Vaters, dass hier etwas mächtig dabei war aus dem Ruder zu laufen.

»... äh ... Sie hatten nicht angerufen?« Eine erneute, peinliche Pause folgte. »Wir haben den Auftrag, hier einen Verstorbenen abzuholen.« Er stockte erneut. »Einen ... äh ... Herbert Eggers.«

Binnen Sekunden wurde sein Kopf puterrot, als Eggers begriff was hier vor sich ging. Wut wallte in ihm auf, wich dem ersten Schock. Eine Ader trat an seinem Hals hervor und begann zu pulsieren, während sie Adrenalin durch seine Adern pumpte.

»Kein Bedarf, ... ich lebe noch!«, rief der Redakteur und schlug den beiden Bestattern die Tür vor der Nase zu.

Nach einem Cognac hatte er sich direkt an seinen Schreibtisch gesetzt und begonnen einen Artikel zu schreiben. Er würde sich nicht einschüchtern lassen und sich die Blöße geben die Polizei zu benachrichtigen. Er nicht. Das wäre ja noch schöner. Er hatte die Botschaft sehr wohl verstanden. Bei seinen Recherchen über kriminelle Vereinigungen, war ihm dieses Prozedere mehrfach untergekommen. Als Warnung wurde Menschen, die den Kriminellen etwas zu frech wurden, ein Leichenwagen bestellt, selbstverständlich auf den Namen des Betreffenden. Wenn diese Warnung nicht genug war, folgten weitere Schritte. Meistens reichte ein einziger Besuch der schwarzen Männer, um die Leute zum Schweigen zu bringen und sich um ihre Angelegenheiten zu kümmern. Ein Herbert Eggers jedoch würde sich nicht den Mund verbieten lassen. Motiviert und voller unterdrückter Wut begann er zu tippen:

Angriff auf die Pressefreiheit. Redakteur bekommt Besuch von Leichenwagen. Biker-Mafia übernimmt Oldenburg

***

... bei der Anwendung von so mafiösen Methoden in Oldenburg, fragt man sich doch wer hier in Oldenburg eigentlich wirklich das Sagen hat? Scheinbar herrschen, unbemerkt von der Obrigkeit, bereits Düsseldorfer oder Hamburger Verhältnisse in unserer schönen Stadt. Ich für meinen

Teil lasse mich auf jeden Fall nicht in Angst und Schrecken versetzen oder gar den Mund verbieten, auch auf die Gefahr hin, dass wieder ein Leichenwagen vor meiner Tür steht.

Herbert Eggers nahm die Finger von der Tastatur und lehnte sich, zufrieden mit dem Ergebnis, in seinem Stuhl zurück. Er hatte über mehrere Stunden konzentriert gearbeitet und sich regelrecht in Rage geschrieben. Ein Blick aus dem Fenster zeigte, dass es mittlerweile zu dunkeln begann.

Er griff nach der Karaffe mit dem Cognac und goss sich etwas von dem goldbraunen Getränk nach. Genau so würde der Artikel morgen in der aktuellen Nordwest-Zeitung stehen – noch heute würde er ihn online hochladen. Er würde sich nicht unterkriegen lassen, die Wahrheit beim Namen nennen!

Das Telefon klingelte. Ohne genauer drüber nachzudenken, griff er instinktiv nach dem Hörer und nahm ab. Noch bevor er sich gemeldet hatte fragte eine tiefe Stimme am anderen Ende der Leitung:

»Spreche ich mit Herbert Eggers?«

Genervt von der Störung und verärgert über sich selbst, dass er überhaupt abgenommen hatte, knurrte er nur einen knappen Laut der Bestätigung ins Telefon und wollte gerade zu einer unfreundlichen Entgegnung ob der Störung ansetzen, die ihm nach den folgenden Worten jedoch im Hals stecken blieb.

»Schauen Sie mal aus dem Fenster, Herr Eggers!«

Irritiert, ohne weiter darüber nachzudenken, folgte er den Anweisungen des Anrufers, stand auf und blickte über den Monitor seines iMac hinaus auf die Straße vor seinem Haus. Zunächst konnte er nichts erkennen, dann löste sich ein Schatten aus einem gegenüberliegenden Hauseingang und ging über die Straße auf das dort geparkte Auto des Journalisten zu.

»Ich sehe, ich habe Ihre Aufmerksamkeit«, sagte die Stimme. Herbert Eggers durchfuhr ein Schauer als er im Halbdunkel eine Messer aufblitzen sah. Mit wenigen Schritten hatte sich der Mann, er musste an die zwei Meter groß sein, seinem Auto genähert, war niedergekniet und hatte das Messer in den rechten Vorderreifen gerammt. Wie in einem Stummfilm aus den neunzehnhundertzwanziger Jahren, konnte der Redakteur mit ansehen, wie die Luft aus dem Reifen entwich. Er schluckte.

»In Kürze werden Sie erleben, wie es enden kann, wenn man sich mit den falschen Leuten anlegt. Das ist die letzte, gutgemeinte Warnung, Herr Eggers. Treiben Sie es also nicht auf die Spitze, sonst ist der nächste Leichenwagen tatsächlich ihrer«, sagte der Schatten, blickte ein letztes Mal in seine Richtung, klappte das Messer ein und verschwand in der Dunkelheit.

Herbert Eggers fiel in seinen Bürostuhl zurück. Jetzt brauchte er noch einen Cognac. Er goss das Glas bis zum Rand voll, leerte es in einem Zug und dachte nach, wog für und wider ab, dann fasste er einen Entschluss. Der Journalist setzte sich aufrecht hin, atmete einmal tief durch und drückte dann die Entfernen-Taste auf der Tastatur seines iMac. Der Artikel verschwand auf Nimmerwiedersehen in den Tiefen seines digitalen Grabes.

10

Im Vereinsheim der Bandidos herrschte trotz der späten Stunde ein reges Treiben. Unzählige Motorräder standen in Reih und Glied, nebeneinander auf dem Parkstreifen vor dem Haus. Ein schwarzer Van blockierte, mit offenen Türen, die Auffahrt zum Hinterhof. Schwarz gekleidete Gestalten trugen sperrige Kisten hin und her und beluden den Kastenwagen.

Enno Melchert und Jana Lewandowski hatten auf der gegenüberliegenden Seite, auf dem Gertrudenkirchhof, direkt hinter der alten Ziegelsteinmauer Position bezogen. Unter Büschen verborgen beobachteten sie die Motorradgang und versuchten sich einen Reim auf die unnatürlich hektischen Aktivitäten zumachen. Enno Melchert, Werner Vollmers und Anke Frerichs hatten sich den ganzen Tag mit ergebnislosen Ermittlungen um die Ohren geschlagen und waren schließlich frustriert nach Hause gegangen. Nur Enno Melchert und Jana Lewandowski waren geblieben und hatten noch etwas im Internet recherchiert, als er plötzlich auf eine interne Nachricht der Überwachungszentrale, die die in Oldenburg installierten Kameras überwachte, aufmerksam geworden war. In der Alexanderstraße schien sich etwas Ungewöhnliches zu tun.

»Hast du eine Idee was in den Kisten sein könnte?«, flüsterte die Polizeipsychologin. Sie war bei Enno im Büro gewesen, als die Mitteilung kam, das von der Überwachungskamera, die unweit der Unterkunft der Rocker an einem Laternenpfahl montierte war, umtriebige Aktivitäten übertragen wurden. Er hatte kurzerhand entschlossen sich vor Ort selber ein Bild zu machen und sie gefragt, ob sie ihn begleiten wolle. Angetan von der Aussicht auf eine nächtliche Observation und dem damit verbundenen Nervenkitzel, hatte sie begeistert zugesagt und war mitgekommen.

Jetzt, da sie auf einem Friedhof, mitten in der Nacht, tief geduckt zwischen den Gräbern im Dunkeln hockten, und eine der gefährlichsten Rockerbanden der Welt beobachteten, war sie plötzlich nicht mehr ganz sicher, ob es eine gute Idee gewesen war ihn zu begleiten.

»Ich habe keine Ahnung. Alles oder nichts. Waffen, Drogen oder einfach nur die Einkäufe für die nächste Party«, antwortete er, ebenfalls in einem Flüsterton, während er sein iPhone hervorzog, mit einem Streichen über das Display die Kamerafunktion des Gerätes aktivierte, zunächst ein paar Fotos schoss und dann die Szenerie auch noch filmte. Vielleicht würde sich später, bei einer genaueren Betrachtung des Bildmaterials noch etwas ergeben. Ein Rascheln hinter ihnen ließ die beiden zusammenfahren. Instinktiv duckten sie sich etwas tiefer und zogen sich noch etwas weiter in das Gestrüpp zurück. Gespannt hielten sie den Atem an und lauschten in die Finsternis. Das leise Geräusch von Schritten auf Kies verhallte über dem Friedhof. Die Psychologin blickte unbewusst auf die Uhr. Geisterstunde.

»Wusstest du eigentlich, dass hier irgendwo eine Äbtissin und drei Nonnen zusammen in einem Grab beerdigt sein, jede Nacht um zwölf Uhr auferstehen und zur Gertrudenkapelle und wieder zurück spuken sollen?«, flüsterte sie.

Enno legte den Finger über den Mund, zum Zeichen, dass sie schweigen sollte, musste aber grinsen. Er kannte die alte Sage, Maß ihr aber natürlich keine Bedeutung bei. Schließlich war er Polizist. Er ging eher von einem Junkie, der einen ruhigen Platz für den nächsten Schuss suchte oder einem Nachtschwärmer, der aus der Innenstadt in Richtung Zuhause unterwegs war, und die Abkürzung über den Friedhof nahm, aus. Möglicherweise waren es auch die Kollegen von der ZKI, die die Rocker ebenfalls überwachten. Das Rascheln erstarb, augenblicklich herrschte wieder Totenstille auf dem Friedhof. Die beiden duckten sich tiefer in die Büsche, beobachteten still und leise das weitere Treiben an der Alexanderstraße und hofften auf irgendwelche Erkenntnisse, die jedoch in dieser Nacht ausbleiben würden …

11

24 Stunden später. Ein weiterer, ergebnisloser Tag neigte sich dem Ende zu. Werner Vollmers und Anke Frerichs waren bereits nach Hause gefahren. Nur Enno Melchert weilte noch im Büro und versuchte, sich mit etwas altem Papierkram abzulenken. Die aktuelle Folge seiner Lieblingshörspielserie *Die drei ???* tönte leise aus den Lautsprechern, während er, eine geöffnete Akte neben seiner Tastatur liegend, die entsprechenden Daten in den Computer einpflegte.

Vor einigen Wochen hatte man erneut eine Leiche am Kleinen Bornhorster See geborgen. Nach einem Todesfall aus dem Jahre 1983, dem ermordeten Taxifahrer 2009 und dem Mann der dem Fallensteller, Thorsten Harders, vor einigen Monaten zum Opfer gefallen war, war das nun der vierte Tote der während der Amtszeit von Werner Vollmers an dem beschaulichen See in den Wiesen aufgefunden wurde. Dem Leichenfund vorausgegangen war eine nervenaufreibende Suchaktion unter Leitung von Horst Krüger, dem Leiter des Sondereinsatzkommandos und seinem Team. Die Frau des eigentlich als erfahrenen Schwimmer bekannten Mannes, hatte ihn gegen 19 Uhr als vermisst gemeldet.

Mit einer kompletten Hundestaffel, dem Polizeihubschrauber Phönix, einem Sonarboot und einem Aufgebot an zahlreichen Einsatzkräften, hatte man den stellenweise bis zu 17 Meter tiefen See, inklusive Umgebung, gründlich durchsucht. Man hatte alles getan um den Mann zu finden, das Naturschutzgebiet buchstäblich auf den Kopf gestellt. Doch trotz Aufbietung aller Kräfte hatten die Ermittler den vermissten Schwimmer zunächst nicht auffinden können und die Suche schließlich auf Grund der hereinbrechenden Dämmerung abbrechen müssen. Erst am folgenden Tag hatten die extra aus Braunschweig und Hannover angeforderten Polizeitaucher Erfolg. Sie hatten den See nochmals Stück für Stück abgesucht, besser gesagt mühsam abgetastet, da dort unten ab neun Metern Tiefe nur noch ein undurchdringliches Dunkel herrschte.

Nach einer eingehenden Untersuchung durch die Rechtsmedizin konnte der Fall schnell wieder zu den Akten gelegt werden. Der 52-Jährige war ertrunken. Hinweise auf ein, wie auch immer geartetes Fremdverschulden, hatten die kriminalpolizeilichen Ermittlungen nicht ergeben. Die Schlussfolgerung von Dr. Braun und Irena Barkemeyer lautete: Ein Schlaganfall mit anschließendem Ertrinken hatte zum Tod des Mannes geführt.

Fertig. Enno Melchert, streckte sich, schloss die Akte und legte sie in den Korb, der für die Ablage von abgeschlossenen Fällen gedacht war. Fertig für – heute. Er war zufrieden, dass er den liegengebliebenen Vorgang nun endlich zu Ende bearbeitet hatte. Die physische als auch die digitale Fallakte würde nun genau so wie der Tote, dem Vergessen anheimfallen. Manchmal half es ihm, solche Dinge trotz einer laufenden, eigentlich wichtigeren, Ermittlung zu erledigen, um sein Denken wieder etwas zu weiten. Sich zu sehr auf einen Fall und seine vielen Details zu konzentrieren konnte auch eingrenzen und den Blick auf das Wesentliche verstellen.

Er fuhr seinen Rechner herunter und schaute auf das Handy. Keine neuen Nachrichten. *Schade*, dachte er. Jetzt hätte ihm durchaus der Sinn nach etwas sexueller Zerstreuung gestanden. Sollte er? Er zögerte. Dann schnellten seine Finger über das Display seines Smartphones und tippten eine Kurznachricht. Erneut ein kurzes Zögern. Sein Daumen schwebte einen Moment unschlüssig über dem Senden-Feld. Dann drückte er zu.

Mal sehen, ob er so spät noch auf eine Antwort hoffen konnte. Erwartungsfroh löschte er das Licht und zog die Bürotür hinter sich zu. Bereits auf der Treppe vibrierte sein Handy. Ein Lächeln der Vorfreude breitete sich auf seinem Gesicht aus, doch hätte er geahnt was die drei Ermittler am nächsten Tag erwarten würde, wäre es ihm sicherlich vergangen.

12

Anke Frerichs parkte ihren silbernen Mercedes SLK 200 auf dem Seitenstreifen am Straßenrand, schloss das Metallverdeck, zog den Schlüssel ab und ging hinüber zu ihren beiden Kollegen, die bereits vor ihr eingetroffen waren.

Das zweisitzige Cabrio war ein nachträgliches Hochzeitsgeschenk, das sie sich nach ihrer Rückkehr aus Florida gegönnt hatten. Tanja hatte sich heimlich schon immer einen Mercedes gewünscht. Ankes alten Smart hatten sie zusätzlich behalten, den nutzte ihre Lebensgefährtin nun, um damit zum Kindergarten und zurück zu fahren.

»Sieh an, sieh an, bei Frau Frerichs ist der Reichtum ausgebrochen«, neckte Enno Melchert seine Kollegin, mit einem Blick auf das neue Auto.

Anke Frerichs verdrehte die Augen. »Der ist zehn Jahre alt, Enno.« Vollmers grinste still in sich hinein. Er selber hatte nicht viel für Autos über, sein in die Jahre gekommener Saab reichte ihm eigentlich völlig, auch wenn demnächst tatsächlich mal ein neuer anstehen würde. Der alte Diesel machte nicht mehr lange. Die eine oder andere Macke deutete bereits nachdrücklich auf das Ende seines Lebenszyklus hin. Vollmers hatte sich bereits bei diversen Autohäusern umgeschaut, aber noch keine endgültige Entscheidung getroffen. Er tat sich schwer mit Veränderungen. Ein Saab schied aus, da es, seit die Marke 2011 in die Insolvenz geschlittert war, kaum noch Servicewerkstätten gab und die Ersatzteilversorgung Zusehens ins Stocken geriet. Außerdem dürfte es nun etwas Bequemeres sein, das tiefe Einsteigen machte ihm immer größere Schwierigkeiten. Aber darum würde er sich später kümmern, jetzt beanspruchte ein weiterer Todesfall seine Aufmerksamkeit.

***

Die Leiche von Gerd Hennings lag, direkt neben den verrosteten Eisenbahnschienen, mit dem Gesicht nach unten im Dreck. Schwärme von Fliegen und anderem Ungeziefer flogen und krabbelten umher und befriedigten ihre Gelüste an dem Toten. Ein unangenehmer Geruch nach Verwesung und Vergehen lag in der Luft.

Torben Kuck kniete neben dem etwa ein Meter Fünfundachtzig großen und circa siebzig Kilo schweren Leichnam und untersuchte seine sterblichen Überreste nach Spuren und eventuellen Hinweisen auf den Täter oder die Täterin, während seine Mitarbeiter damit beschäftigt waren das Umfeld abzusuchen. Ein gelbschwarzes Absperrband hielt Schaulustige fern und zwang die heransausenden Fahrradfahrer zu einem Wechsel auf die gegenüberliegende Straßenseite, was nicht selten von lauten Flüchen und Verwünschungen begleitet war.

Gott schütze uns vor Sturm und Wind – und Radfahrern, die aus Oldenburg sind, dachte Anke Frerichs, während sie sich umschaute und so versuchte, sich einen ersten Eindruck von der Umgebung zu machen. Hauptkommissar Werner

Vollmers und Enno Melchert standen, ihr den Rücken zugewandt, schweigend daneben und beobachteten den Kollegen von der Spurensicherung bei seiner Arbeit. Um sie herum herrschte hektisches Treiben, das von gelegentlich vorbeisausenden Zügen und dem Geläute, der sich noch von Hand hebenden und senkenden Schranken am Bahnübergang Ofenerdiek, begleitet wurde. Über die Schienen hinweg streckte sich der Turm der Thomaskirche, unbeeindruckt vom Trubel auf dem gegenüberliegenden Edeka-Parkplatz, in die Höhe. Die Uhr, an der Ofenerdieker Straße bei der großen Eiche, zeigte kurz vor zehn Uhr morgens. Die Sonne stach bereits erbarmungslos vom Himmel, es war noch immer untypisch heiß für diese Jahreszeit.

Kuck wischte sich mit dem Handrücken ein paar Schweißtropfen von der Stirn. Etwas hatte seine Aufmerksamkeit auf sich gezogen. Er wandte seinen Blick von der kreisrunden Einschussstelle am Hinterkopf des Toten ab, ergriff behutsam das Handgelenk und drehte den Arm des Opfers vorsichtig etwas nach außen, um besser erkennen zu können was dort stand.

Eine achtstellige blutverkrustete dunkelblaue Zahl, gelegentlich unterbrochen von einem Punkt, zierte seinen rechten Unterarm. Eine frische Tätowierung. Ein Datum. Er blickte zur Kontrolle auf seine Uhr. Es war das Datum von gestern – dem vermuteten Todestag. Dem Grad der Verwesung entsprechend und dem sonstigen Zustand der Leiche nach zu urteilen, hatte Torben Kuck den Todeszeitpunkt bereits grob auf diesen

Zeitpunkt eingrenzen können, genaueres würde die spätere Untersuchung im rechtsmedizinischen Institut in der Pappelstraße 4 ergeben.

Er freute sich schon insgeheim, nachher dort noch vorbeischauen zu können, um dort seine Freundin Irena Barkemeyer zu treffen. Die beiden waren sich vor ein paar Monaten auf dem Gertrudenkirchhof an einem Tatort zum ersten Mal begegnet und nun, nach ein paar anfänglichen Startschwierigkeiten, ein Liebespaar geworden.

Für ihn fühlte es sich an, als ob er in der studierten Rechtsmedizinerin seine Seelenverwandte gefunden hatte. Irena Barkemeyer empfand ähnlich. Es lief perfekt zwischen den beiden. Für Kuck lief es sogar noch etwas besser. Seine Beförderung hatte seiner Karriere einen ordentlichen Schub versetzt. Und auch seine Freundin stand ganz oben auf der Liste, wenn es um die Nachfolge von Elena Braun im rechtsmedizinischen Institut ging. Es lief bestens, auf allen Ebenen, und sie dachten bereits darüber nach, in absehbarer Zeit zusammenzuziehen, um mehr Zeit miteinander verbringen zu können. Ihre Arbeit fraß jetzt schon zu viel von ihrem Tag, und das würde in nächste Zeit sehr wahrscheinlich nicht besser werden.

Er zog sein Smartphone aus der Tasche und schaute auf das Display, von dem aus ihm eine lächelnde Irena Barkemeyer entgegenblickte. Versunken in ihr Antlitz, stahl er sich ein paar Sekunden von diesem Ort des Todes fort – in eine heile Welt, voll Liebe und Geborgenheit, weit abteils des alltäglichen Grauens, das der Beamte jeden Tag in seinem Job zu erdulden hatte. Ein vorbeirasender Güterzug, dessen Ziel mit Sicherheit der Jade-Weser-Port in seiner Heimatstadt Wilhelmshaven sein würde, riss ihn aus seinen Gedanken. Er steckte sein Handy wieder ein und blickte sich um. Ein Kribbeln in der Magengegend machte sich unangenehm bemerkbar.

Irgendein unbestimmtes in Torben Kuck gärendes Gefühl ließ ihn vermuten, dass hier irgendwas mächtig nach Ärger stank, und der Tote, der hier vor ihm im Dreck lag, möglicherweise nicht der letzte bleiben würde ... zu sehr ähnelte der Tathergang dem des ermordeten Bikers.

13

Dr. Elena Braun und ihre Assistentin befanden sich in der Oldenburger Rechtsmedizin und waren gerade mit der Obduktion eines der mutmaßlichen Opfer jenes Oldenburger Krankenpflegers beschäftigt, der bereits dreißig Morde gestanden hatte, doch möglicherweise gab es noch wesentlich mehr Opfer. Einiges deutete darauf hin.

Als Mitglieder und zuständige Rechtsmediziner einer extra gegründeten Sonderkommission, untersuchten sie nun seit Längerem alle Todesfälle, die während der Dienstzeit des Mörders am Klinikum Delmenhorst, sowie seinen anderen Arbeitsplätzen in Oldenburg und Wilhelmshaven vorgefallen waren.

»Wissen Sie eigentlich, dass es schon mal so jemanden gegeben hat?«

Irena Barkemeyer hielt kurz inne und sah ihre Chefin verwundert an.

»Einen Amerikaner namens Richard Angelo. Er tötete mindestens zehn Menschen, indem er ihnen ein muskelerschlaffendes Mittel injizierte und sie anschließend wiederzubeleben versuchte. Genau wie in unserem Fall hier«, fuhr die beleibte Rechtsmedizinerin fort.

»Das glaube ich jetzt nicht. Wirklich?«

Elena Braun nickte. »Der Typ arbeitete in den Achtzigern als Krankenpfleger im Good Samaritan Hospital in West Islip auf Long Island. Das liegt irgendwo im Bundesstaat New York.« Sie machte eine kurze Pause, während sie eine Knochenschere unter dem Wasserhahn abspülte.

Blut und Knochenreste verschwanden gluckernd im Abfluss, dann fuhr sie fort: »Dort verabreichte er, in den Jahren 1984 bis 1987, diversen Patienten die Muskelrelaxantien Pavulon und Anectine. Als dann dadurch ein Atemstillstand einsetzte, versuchte er sie zu reanimieren. Was aber nicht selten misslang.«

»Sein Motiv?«

»Angelo wollte als Lebensretter dastehen. Er hatte einen mehr als ausgeprägten Geltungsdrang. Er bettelte förmlich um Anerkennung.«

»Krass.«

»Nebenbei war er sogar auch noch bei der Freiwilligen Feuerwehr aktiv. Unglaublich, oder?« Irena Barkemeyer stimmte ihr schweigend mit einem knappen Nicken zu.

»Wie haben die ihn damals geschnappt?«

»Ein Patient, sein Name war glaube ich Kucich oder Cubick, oder so, bemerkte, wie ihm Angelo etwas injizierte. Er überstand den Kreislaufzusammenbruch und erzählte seine Beobachtung einer Schwester. In seinem Urin waren dann die beiden von Angelo gespritzten Medikamente nachgewiesen worden. Bei einer Durchsuchung der Sachen von Angelo stellte die Polizei die beiden Medikamente sicher und verhaftete ihn 1987 schließlich wegen Mordverdachts in 25 Fällen. Auch damals wurden die Leichen exhumiert.«

Für einen Moment herrschte Schweigen im Obduktionssaal. Leise tönte die Stimme von Freddy Quinn durch den Raum *Junge, komm bald wieder, bald wieder ...* In Gedanken versunken lauschten die beiden Rechtsmedizinerinnen den, in Anbetracht ihrer momentanen Tätigkeit, makaber anmutenden Worten des uralten Songs, bis Elena Braun fragte:

»Wissen Sie, wie sie ihn genannt haben?«

»Nein.« Barkemeyer hob fragend die Augenbrauen, während sie eine Gewebeprobe mit einer Pinzette in ein Glasröhrchen steckte, um sie später untersuchen zu lassen.

»Angel of Death«, sagte Elena Braun.

»Der Todesengel«, wiederholte ihre Kollegin den Namen in seiner deutschen Übersetzung. Ein Schauer lief der ansonsten schon recht abgebrühten Rechtsmedizinerin über den Rücken. Wie treffend, dachte sie.

Das Klingeln des Telefons riss sie aus ihren Gedanken. Elena Braun stöhnte genervt auf. Eigentlich hatte sie vor es zu ignorieren. Als das Klingeln jedoch nach gut zwei Minuten noch immer nicht erstarb, entledigte sie sich schließlich ihrer Handschuhe und nahm ab.

Nachdem sie etwa eine Minute ruhig zugehört hatte, murmelte sie nur ein kurzes »Ist gut« und legte wieder auf.

Resigniert verdrehte sie die Augen, atmete dann zweimal tief durch, straffte die Schultern und sagte: »Wir müssen hier aufräumen. Schaffen wir die Zombies beiseite. Es kommt gleich Frischfleisch zu Besuch. Möglicherweise ein neues Opfer des Todesboten.«

Irena Barkemeyer entfuhr ein Seufzer. Jetzt hatten sie es offensichtlich mit einem Serienmörder zu tun.

14

»Können Sie sich vorstellen, wer ihrem Mann so etwas antun könnte?«, fragte Anke Frerichs. »Gab es irgendwelche Streitigkeiten im Freundes- oder Bekanntenkreis? Im Büro?«

Catja Hennings, die Frau des vor Kurzem tot aufgefundenen Mannes, antwortete nicht.

»War er in den letzten Tagen irgendwie verändert?« Wieder keine Reaktion. Die Witwe saß nur schweigend da und starrte auf ein zerknülltes und mittlerweile völlig durchweichtes Taschentuch zwischen ihren Fingern. Eine junge Frau mit blonden Haaren saß daneben, einen Arm um sie gelegt und streichelte ihr in einem gleichmäßigen Rhythmus über den Rücken.

Anke Frerichs blickte sich hilfesuchend zu Werner Vollmers um, der sich während der Befragung die meiste Zeit im Hintergrund gehalten hatte. Hier war im Moment nicht viel zu holen. Vollmers nickte ihr still zu und schüttelte dann den Kopf. Aufbruch. Sie würden später noch einmal wiederkommen müssen.

Wie sehr er diese Momente hasste. Einem Hinterbliebenen die Nachricht über den Tod eines geliebten Menschen überbringen, aber fast im gleichen Moment mit seiner Arbeit fortfahren zu müssen und die immer gleichen, nicht immer angenehmen Fragen stellen zu müssen, um eine Chance zu haben, den Täter zu erwischen. Er hatte es so leid.

Die Stunden direkt nach der Tat waren in der Regel die wichtigsten. Man musste versuchen dranzubleiben, solange die Spur noch nicht kalt war. Speziell Täter aus dem direkten Familienumfeld, oder solche, die die Tat im Affekt begangen hatten, konnten sich durch eine unbedachte Äußerung oder Geste sehr leicht selbst verraten.

Hatten sie erst mal Zeit sich in Ruhe eine Geschichte auszudenken, oder Beweise verschwinden zu lassen, wurde es für die Ermittler immer schwieriger.

Innerlich atmete der Kommissar durch. Gut, dass das in wenigen Wochen vorbei sein würde. Diesen Teil seines Jobs würde er auf gar keinen Fall vermissen. Der Hauptkommissar wanderte unauffällig umher und versuchte, sich einen Eindruck von den Lebensumständen der Hennings zu verschaffen.

Manchmal konnte eine Kleinigkeit, zum Beispiel ein kleiner gelber Umschlag, einen Hinweis auf die finanzielle Situation einer Person geben. Selbstverständlich zählten auch immer der erste Eindruck und der Zustand eines Hauses oder einer Wohnung dazu. Bei den beiden schien auf den ersten Blick alles seine Ordnung zu haben. Das Wohnzimmer war modern, aber nicht protzig eingerichtet und vorrangig in schwarz-weiß gehalten. Sachlich und gradlinig. Genauso hatte Catja Hennings ihren Mann, einen erfolgreichen Anwalt, beschrieben. Das Auffälligste war ein riesiger Flachbildfernseher, wie er mittlerweile in vielen Wohnzimmern Einzug gehalten hatte.

Sie verabschiedeten sich. Zur Sicherheit hinterließen sie ihre Visitenkarte – falls der Frau noch etwas einfallen würde, doch die Ermittler rechneten nicht wirklich mit einem Anruf. Der Schock war zu groß, das Gehirn weigerte sich das Unglaubliche zu akzeptieren und versagte seinen Dienst.

Vor der Tür zündete sich Werner Vollmers eine Zigarette an. Weder das Haus und das Grundstück, noch das unter einem Carport stehende Mini Cabrio, das vermutlich der Frau von Gerd Hennings gehörte, und die daneben parkende Mercedes C-Klasse deuteten auf einen ausschweifenden oder übertriebenen Lebensstil hin.

»Veranlass im Büro bitte eine detaillierte Umfeldanalyse. Enno soll alles durchchecken. Er soll die Konten überprüfen, eine Befragung der Nachbarn und Kollegen durchführen und so weiter und so fort.« Anke Frerichs nickte.

»Ich würde sagen, ich mach das mit den Befragungen und Enno soll sich um den EDV-Kram kümmern.« Vollmers zog nachdenklich an seiner Zigarette, dann nickte er und ließ seinen Blick über die erst kürzlich entstandene Neubausiedlung schweifen. Alles lag so friedlich da, und doch hatte der Tod das Leben in diesem Haus für immer verändert.

»Wenigstens lauern uns nicht schon wieder diese Aasgeier von der Presse auf«, sagte Vollmers, ließ eine letzte Rauchwolke entweichen, trat dann seine Zigarette mit der Fußspitze aus und wandte sich erneut seiner Kollegin zu: »Sag mal, hast du dich jetzt eigentlich langsam mal zu einer Entscheidung durchgerungen?« Diesmal war es Anke Frerichs, die die Stirn runzelte.

»Meine Nachfolge«, sagte er nur knapp, zündete sich eine neue Boston an und steckte das Feuerzeug wieder zurück in sein Sakko.

Die Kommissarin wand sich innerlich, drückte sich um eine Antwort. Das konnte er deutlich an ihrem Gesichtsausdruck erkennen. Doch er wollte sie diesmal nicht aus der Nummer raus lassen. Vollmers ließ sie zappeln.

Sie setzte zu einer Antwort an: »Tanja und ich ... wir ... äh ... sind noch ... nicht ... äh ...«

Der Kommissar hob belustigt die Augenbrauen. Anke Frerichs war sichtlich unwohl zumute und wollte nur schnell in ihr Auto einsteigen, um der Situation zu entkommen, als ein roter Fiat 500 um die Ecke kam und hinter ihnen auf die Einfahrt einbog. Sie erkannten das Auto sofort. Es gehörte Jana Lewandowski, der zuständigen Polizeipsychologin. Es war nicht unüblich, dass die Polizei den Hinterbliebenen psychologische Hilfe anbot, denn nicht selten folgte dem einen Unglück ein weiteres.

»Treffen wir uns später in der Rechtsmedizin?«, fragte Werner Vollmers seine Kollegin, während Jana Lewandowski den Motor ausstellte, ihre Handtasche vom Beifahrersitz nahm und sich anschickte auszusteigen.

»Fahr du doch eben alleine. Ich fange hier schon mal mit der Befragung der Nachbarn an«, antwortete sie und öffnete den Wagen mit der Fernbedienung. Sie verspürte keine Lust auf einen Besuch in der Rechtsmedizin, für heute war ihr Bedarf an Leichen gedeckt. Sie würde eben ihr Auto umparken und dann Klinken putzen. Auch kein wirklich schöner Job, aber zumindest blieb ihr der Anblick von Gerd Hennings Leichnam für heute erspart.

Vollmers grummelte nur leise vor sich hin und nickte. Anke Frerich hatte sich erfolgreich um eine Antwort gedrückt. Er konnte es ihr nicht wirklich verübeln. Müsste er sich heute nochmal entscheiden, er wüsste nicht, ob er sich wieder als Leiter des FK1 bewerben würde.

Jana Lewandowski stieg aus und grüßte die beiden Ermittler. »Herr Vollmers, Anke.« Sie nickte kurz und sah den Ermittler fragend an. »Haben Sie etwas für mich? Die Zentrale hat mich benachrichtigt. Meine Dienste könnten benötigt werden.«

Vollmers brachte sie mit knappen Sätzen auf den neusten Stand. Viel gab es ja noch nicht zu berichten. Jetzt ging es erst mal darum Catja Hennings Beistand zu leisten.

»Kümmern Sie sich um die Frau. Ich weiß nicht, ob sie ohne Hilfe zurechtkommt. Eine Freundin ist bei ihr, aber möglicherweise kann Ihre professionelle Unterstützung helfen.« Die Psychologin nickte nur. »Ich werde sehen, was ich tun kann.«

15

Die Nordwest-Zeitung berichtet:

Anwalt erschossen aufgefunden, Tattoo gibt den Ermittlern erneut Rätsel auf

Am gestrigen Tag wurde der bekannte Oldenburger Anwalt Gerd H. erschossen aufgefunden. Die Leiche wurde auf einem Grünstreifen, unweit des Ofenerdieker Bahnübergangs, von einem Spaziergänger im Gebüsch gefunden. Wie mitgeteilt wurde, ist H. mit nur einem Schuss getötet worden.

Hinweise auf den Täter oder ein Motiv fehlen. Ein pikantes Detail, ein frisches Tattoo, das man auf dem Körper des Rechtsanwalts gefunden hat, gibt den Ermittlern jedoch erneut Rätsel auf. Es ist das zweite Mal, dass ein Tattoo dieser Art an einer Leiche entdeckt wurde. Ob die Tat in Zusammenhang mit dem vor einigen Tagen ermordet aufgefundenen Timo J. steht, kann noch nicht bestätigt werden. Auch dort hatte ein Tattoo, das wohl dem Todesdatum entspricht, eine Rolle gespielt. H. werden Kontakte zum Oldenburger Rotlicht-Milieu nachgesagt. Weitere Details wurden bisher nicht mitgeteilt. Er hinterlässt eine Frau und zwei Kinder.

Ein Kommentar von Lars Unruh: *Erneut sucht ein Serienkiller Oldenburg heim. Und was tun unsere Ermittler? Nichts! Ergebnisse? Fehlanzeige. Trotz den in der Vergangenheit unbestreitbaren Erfolgen, scheint hier mal wieder das System zu versagen. Die Ermittler stehen vor einem Rätsel und zwei Leichen. Wann wird die dritte folgen? Wie kann es in der heutigen Zeit sein, dass trotz Überwachungsstaat, Kameras an allen Ecken, neuen, EDV-gestützten Ermittlungssystemen und sonstigem Schnick-Schnack, ein mehrfacher Mörder noch immer frei rumläuft? Will man Insiderkreisen Glauben schenken, sind die beiden Oldenburger Opfer nicht die einzigen, die auf das Konto des kaltblütigen Killers gehen. Mir jedenfalls wird bei so viel Gewalt Angst und Bange. Bleibt zu hoffen, dass …*

Jetzt reicht's! Mit hochrotem Kopf knüllte Gabriele Vollmers die Zeitung zusammen und versteckte die Seite mit dem Artikel hinter ihrem Sitzkissen. Es versetzte ihr jedes Mal wieder einen Stich ins Herz, wenn die Presse ihren Mann und sein Team angriff und sie zu Unrecht der Untätigkeit beschuldigte. Was wusste dieser Lars Unruh überhaupt über die Arbeit ihres Mannes? Und warum dieser Kommentar von ihm? Sie wusste aus Erzählungen, dass der Redakteur ihrem Mann und seinen Leuten sonst eher positiv gewogen war und gelegentlich sogar von ihnen mit exklusiven News versorgt wurde. Und nun sowas. Das hätte sie jetzt nicht von ihm erwartetet. Von seinem Chefredakteur Herbert Eggers schon eher, ihr Mann und er waren bereits mehr als einmal aneinandergeraten, doch was das nun sollte, verstand sie ganz und gar nicht.

Auf jeden Fall hatte sie nicht vor, ihrem Mann den Artikel zu zeigen. Er war eh schon angespannt genug, nachdem nun diese zweite Leiche in Ofenerdiek aufgefunden worden war. Da wollte sie nicht, dass sein Tag mit so einem Artikel begann. Hoffentlich würde er die fehlende Seite nicht bemerken. Gott sei Dank und merkwürdigerweise, hatte es der Text nicht auf die Titelseite geschafft.

Gemurmel aus dem Bad drang zu ihr herüber. Sie stand auf und machte sich daran, für ihren Mann einen Kaffee zu kochen. Selbstverständlich mit Süßstoff. Die Senseo-Kaffeemaschine signalisierte durch ein Piepen, dass sie betriebsbereit war. Sie betätigte den Knopf, und das Gerät fing an zu rödeln. Essen. Frühstück. In Gedanken versunken, machte sie sich daran ihm eine Scheibe Brot zu schmieren. Er würde sie sehr wahrscheinlich eh wieder nur ihr zuliebe essen. Mit etwas Glück, wenigsten zur Hälfte. Aber das war immerhin besser als gar nichts. Sie ahnte, dass die nächsten Tage lang und anstrengend werden würden, da konnte er jede Kalorie brauchen.

16

Vierundzwanzig Stunden waren seit dem Leichenfund vergangen und die drei Ermittler hatten fast ohne Unterlass gearbeitet. Die Zeitung hatte auf den Punkt gebracht, was sie bisher in Erfahrung hatten bringen können – und das war nicht besonders viel. Sie hatten mit Hochdruck versucht, Licht ins Dunkel zu bringen. Anke Frerichs war von Haustür zu Haustür gezogen, hatte Nachbarn und Freunde des Toten befragt, Enno Melchert hatte sich auf die Ermittlungen im Büro konzentriert und Vollmers hatte die beiden Rechtsmedizinerinnen zur Eile angetrieben, jedoch ohne großartig neue Erkenntnisse. Alle Indizien und der Modus Operandi deuteten darauf hin, dass es derselbe Täter gewesen sein könnte. Damit lag nah, dass sie es erneut mit einem Serientäter zu tun hatten. Der Todesbote hatte erneut zugeschlagen. Doch was verband die beiden Opfer miteinander? Auf den ersten Blick hatten die beiden so unterschiedlichen Männer nichts gemein. Nichts deutete darauf hin, dass sich Hennings und Jürgens jemals in ihrem Leben begegnet waren oder Kontakt gehabt hatten.

Nun standen die Kommissare zusammen im Büro vor dem etwas überdimensioniert wirkenden Flachbildschirm und beratschlagten über ihre nächsten Schritte. Ein alter Bekannter hatte sich zu den Ermittlern gesellt und versuchte, sie zu unterstützen.

»Wenn du was über das Oldenburger Rotlicht-Milieu erfahren willst, dann solltest du dich am besten mal mit Gina Star unterhalten«, sagte Ralf Petershagen an Vollmers gerichtet und nippte an seinem Kaffee.

»Das kann ich auch machen«, mischte sich Anke Frerichs in das Gespräch der beiden Ermittler ein. »Ich kenne Gina schon seit einer Ewigkeit. Sie«, sie stockte kurz, »beziehungsweise er, ist ein sehr guter Bekannter von mir und Tanja.« Vollmers runzelte die Stirn. Anke musste schmunzeln.

»Gina Star ist eigentlich ein Mann, sie ist eine sogenannte Dragqueen.« Vollmers schien immer noch verwirrt.

»Gina ist die Olivia Jones von Oldenburg.«

»Eine Dragqueen ist ein Mann, der in künstlerischer oder humoristischer Praktizierung von Travestie durch Aussehen und Verhalten eine Frau darstellt. Eine Dragqueen trägt meist sehr weibliche Kleidung, kunstvolles Makeup, Schuhe mit hohen Absätzen und ausladende Perücken. Sie sind vornehmlich in der Schwulenszene der Großstädte zu finden. Bei politischen Umzügen und Festen, wie zum Beispiel dem Christopher Street Day, treten sie auch für die szenefremde Bevölkerung in Erscheinung. Eine Dragqueen spielt ihre Rolle nicht nur um aufzufallen, sondern versucht, die Rollenbilder Mann und Frau durch Übertreibung ad absurdum zu führen«, las Enno Melchert, der bisher stumm, versteckt hinter seinem Bildschirm gesessen hatte, den entsprechenden Wikipedia-Artikel vor.

»Klugscheißer«, warf ihm Anke an den Kopf. Der junge Ermittler lugte nun grinsend an seinem Monitor vorbei, hinüber zu der kleinen Gruppe.

»Wir haben es in Nadorst seit einigen Jahren mit einer ganz vertrackten Gemengelage zu tun. Zunehmende Prostitution, immer mehr Spielotheken und Wettbüros siedeln sich an. Dann noch die Sozialstation in der Ehnernstraße 2 – und«, er machte eine kleine Pause, um einen Schluck Tee zu trinken, doch der war noch zu heiß. Er leckte sich über die Lippen, »und, in Laufweite, dann auch noch die Sucht- und Drogenberatungsstelle Rose 12.«

»Das kann auf Dauer nicht gut gehn«, warf Anke Frerichs ein.

»Das geht nicht gut«, korrigierte Petershagen die Kommissarin. »Meine Leute fahren die letzten Jahre, pro Jahr, durchschnittlich ungefähr dreihundert Ehnernstraße-2-bedingte Einsätze.«

»Das kann doch wohl nicht wahr sein. Dann seid ihr ja fast jeden Tag dort«, unterbrach ihn Enno Melchert, der mittlerweile hinter seinem Computer hervorgekommen war und sich zu den anderen drei Ermittlern gesellt hatte.

»Richtig. Wie gesagt, das sind nur Einsätze, die die Sozialstation betreffen, dazu kommen noch Ladendiebstähle, Schlägereien und Belästigungen an der Nadorster Straße, Falschparker, und, und, und ...« Petershagen nippte vorsichtig an seinem Tee. »Von den Dealern die sich auf dem VfL-Platz und an der alten Sporthalle herumtreiben, ganz zu schweigen.«

»Das hört sich ja gar nicht gut an. Was ist denn da bloß los? Ich hatte echt nicht auf der Pfanne, was sich da in den letzten Jahren unter der Oberfläche alles so entwickelt hat.« Die Kommissarin schien echt überrascht ob der Ausführungen von Petershagen.

»Das ist in den letzten Jahren alles vom Bahnhofsviertel hier nach Nadorst rübergeschwappt«, fuhr der Polizeiobermeister fort. »Böse Zungen behaupten, das sei so gewollt.«

Vollmers runzelte die Stirn. »So gewollt?«

»Das kann ich natürlich nicht beweisen, aber für mich deutet einiges darauf hin, dass die Damen und Herren der Stadt das neue Hafen- und Bahnhofviertel für ihre neuen Schicki-Micki-Wohnungen schön haben wollen. Die Ecke soll zu einem Nobelviertel gemacht werde. Da passen Prostituierte und Obdachlose einfach nichts ins Bild«, sagte Petershagen und zwinkerte ihnen zu. Dann fuhr er fort: »Im Innenstadtbereich haben wir übrigens seit den siebziger Jahren einen Sperrbezirk. Dort ist keine Prostitution zulässig. Ein Schelm wer Böses denkt.«

»Und warum macht man das nicht auch in Nadorst?«

»Frag mich was. Da hättet ihr euren toten Anwalt fragen müssen. Angeblich geht das nicht. Nur das Land kann über eine Erweiterung des Sperrbezirkes entscheiden. Die Stadt ist da machtlos.«

»Gerd Hennings?«, fragte Enno Melchert.

»Genau. Der war meines Wissens nach an der Sache dran. Ich glaube irgendwelche Bürgerinitiativen oder Vereine haben sich danach bei ihm erkundigt, beziehungsweise haben ihn beauftragt in dieser Richtung etwas zu unternehmen.«

Er nahm einen kräftigen Schluck von seinem Tee. Mittlerweile war er hinreichend genug abgekühlt.

»Ich glaube wir sollten uns noch mal etwas intensiver in seinem Büro umsehen und uns danach mit der Stadt unterhalten«, sagte Anke Frerichs während sie nachdenklich auf dem Ende eines Kugelschreibers herum kaute.

»Unsere Sozialdezernentin Frau Sachsen wird euch sicherlich erklären, dass das alles nichts miteinander zu tun hat. Obdachlosigkeit hat selbstverständlich, grundsätzlich nichts mit Alkohol- oder Drogenkonsum, Prostitution, Spielsucht und Hehlerei zu tun. Das sind zwei ganz unterschiedliche Paar Schuhe«, warf Petershagen ein.

»Ja, genau.« Enno Melchert zwinkerte seinem Kollegen zu. Ihm war der Sarkasmus in dessen Stimme nicht entgangen.

»Mach du dich auf den Weg zu dieser Gina Solar.«

»Star«, korrigierte Anke Frerichs ihren Chef.

»Wie auch immer. Vielleicht kriegst du aus ihr irgendwas raus oder zumindest einen guten Tipp.«

Anke Frerichs nickte und schnappte sich ihre Jacke.

»Ich wünsche viel Glück«, rief Petershagen ihr hinterher. Dann leerte er einen Becher und wandte sich an den Hauptkommissar: »Ich werde mich auch nochmal etwas umhören. Vielleicht hat der Buschfunk ja irgendwas brauchbares zu melden.«

Vollmers nickte. »Danke Ralf, das kann nicht schaden. Wir stehen bei dem Fall irgendwie allein auf weiter Flur. Irgendwie werde ich das Gefühl nicht los, dass hier einiges an uns vorbeiläuft.

»Was meinst du?«

»Die ZKI«, Vollmers machte eine Pause, zuckte frustriert mit den Schultern und schnappte sich dann seine Zigaretten vom Tisch.

»Das wäre nicht unnatürlich«, antwortete Petershagen. »Die kochen schon immer ihr eigenes Süppchen. Die sind so ein bisschen wie CIA, FBI und NSA in einem. Eigentlich haben alle das gleiche Ziel, beanspruchen ihre Informationen aber für sich.«

Vollmers wackelte zustimmend mit dem Kopf.

»Ich streck auch mal in diese Richtung meine Finger aus. Mal sehen, ob ich was rausbekomme.«

»Danke, Ralf! Das weiß ich sehr zu schätzen.«

***

»Was kannst Du uns über das Rotlichtmilieu sagen, was wir noch nicht wissen?«, fragte Anke Frerichs die Dragqueen. Sie kannte Gina Star vom jährlich in Oldenburg stattfindenden CSD.

Ihr Gespräch wurde immer wieder von irgendwelchen aufgeregten Fans unterbrochen, die ein Autogramm haben oder ein Selfie mit der schillernden Persönlichkeit machen wollten. In zunehmendem Maße war die Kommissarin davon genervt. Vielleicht war es doch keine so gute Idee gewesen sich in einem Bistro in der Oldenburger Innenstadt zu treffen. Im Nachhinein hätte Anke sie lieber in Ruhe auf dem Revier befragt, aber nun waren sie nun mal hier. Ihre Gedanken schweiften ab, während die Künstlerin erneut für ein paar Fotos posierte.

Nachdem die Mädchengruppen lachend und glücklich von dannen gezogen waren, den Blick auf das Foto auf ihren Handydisplays fixiert, wandte sich Gina Star wieder zu Anke Frerichs um, lächelte breit und sagte: »Entschuldige Schätzchen«, sie zog einen Lippenstift und einen kleinen Handspiegel hervor und fing an, ihre Lippen nachzuziehen. »Wie war nochmal die Frage?«

Die Ermittlerin blinzelte sich zurück in die Realität. »Erzähl mir was über das Oldenburger Rotlicht-Milieu. Aber bitte nichts was wir eh schon wissen. Das allgemeine Blabla kannst du dir sparen. Ich brauche Hintergrundinformationen, dein Insiderwissen ... von mir aus auch Gerüchte.« Die Dragqueen, leicht verwundert über Anke Frerichs plötzlich recht rauen Tonfall, runzelte die Stirn und packte den Spiegel und den Lippenstift zurück in ihre Handtasche.

»Okay. Was willst du wissen? Du musst mich schon ein bisschen abholen. Worauf zielt deine Frage ab? Hat es was mit dem toten Anwalt zu tun? Ich habe da heute irgendwas in der Nordwest-Zeitung gelesen. Kopfschuss, oder so. Gruselig!« Sie gestikulierte zunächst wild mit den Händen in der Luft herum und legte schließlich den Handrücken in einer theatralischen Geste auf den Mund. Anke musste grinsen. Jetzt wirkte der gut ein Meter achtzig große, durchgestylte Transvestit eher wie ein verschrecktes Häschen. Eine perfekte Show, wie sie wusste, aber ohne Frage amüsant.

Etwas sanfter setzte sie erneut an: »Bitte entschuldige. Ich bin gerade etwas durch den Wind. Unser neuer Fall, die Presse fängt schon wieder an uns zuzusetzen. Wir brauchen Ergebnisse. Außerdem stehe ich vor einer wichtigen beruflichen Entscheidung und habe deswegen Stress mit Tanja.« Sie blickte Gina Star traurig an. Die überlegte einen Moment, nahm ihren Sektkelch vom Tisch und wurde ernst: »Wenn ich dir einen Tipp geben darf, meine Liebe. Auch ohne zu wissen um was es geht«, sie nippte kurz an ihrem Sekt, »sage ich dir: tu das, was dein Herz dir sagt und entscheide einfach. Ihr werdet dann schon sehen was dabei rauskommt. Es gibt nichts Schlimmeres als eine Entscheidung unendlich lange vor sich herzuschieben. Egal ob angenehm oder unbequem. Tu es einfach!«

Sie straffte sich und warf sich wieder in Pose. »Und nun zu deinem Fall ...«

***

»Ginas Meinung nach befindet sich die Rotlichtszene von Oldenburg im Umbruch. Und das nicht nur räumlich. Die Machtstrukturen scheinen sich zu verschieben. Bisher hat es grob gesagt zwei Fraktionen gegeben, die in Oldenburg den Fleischmarkt«, sie zeichnete mit den Fingern Gänsefüßchen in die Luft, »kontrollieren.«

Enno Melchert musste grinsen, schnell schnappte er sich einen Kugelschreiber und kritzelle das Wort auf seine Schreibtischunterlage, um es sich zu merken. Er liebt solche Begrifflichkeiten. Vielleicht würde er ihn später in einer Pressemeldung nochmal verwenden können. Anke Frerichs fuhr fort.

»Die bisherigen kamen relativ gut miteinander klar. Sie machten sich keine große Konkurrenz, ließen sich weitestgehend in Ruhe, gingen ihrem Tagwerk nach – möglichst unauffällig. Das meiste spielte sich in der Vergangenheit um den Bahnhof, beziehungsweise um den Hafen herum ab. Dann verlagerte sich die Szene nach Nadorst.«

»Meinst du, das wird seitens der Stadt forciert?«

»Schwer zu sagen. Gerüchte.« Sie zuckte mit den Schultern.

»Vielleicht sollten wir unseren Damen von der Stadtplanung mal etwas auf den Zahn fühlen. Die Anschläge von Jörg Wagenfeld auf Mitarbeiterinnen der Stadtverwaltung haben damals ganz schön für Unruhe gesorgt. Vielleicht sind sie diesmal etwas zugänglicher?«

»Okay, das wissen wir bereits«, würgte Werner Vollmers das, sich seiner Meinung nach, in eine falsche Richtung entwickelnde Gespräch im Ansatz ab. »Du hast etwas auf die Machtstrukturen Bezogenes angedeutet.« Die Kommissarin nickte.

»Laut Gina machen sich wohl immer mehr Parteien auf dem Markt breit und machen die Preise kaputt.«

»Die wollen auch ein Stück vom Kuchen.«

Richtig, aber das passt den alteingesessenen Parteien natürlich ganz und gar nicht. Laut Gina liegt ein Krieg in der Luft.«

»Das bestätigen übrigens auch die Kollegen von der Sitte. Nach außen sieht alles ruhig aus, aber unter der Oberfläche brodelt es gewaltig«, ergänzte Enno die Ausführungen seiner Kollegin.

»Und was sind das für Leute?«

»Das ist bei der gegenwärtigen Gemengelage schwer zu sagen. Auffällig ist, dass sich in letzter Zeit mehrere Motorradclubs in und um Oldenburg herum angesiedelt haben.« Sie machte eine Pause und blätterte in ihren Notizen. »Außerdem redete Gina von einer Gruppe Osteuropäer, die in letzter Zeit vermehrt in der Szene aktiv sind. Wohnungen oder ganze Häuser werden angemietet, und keine zwei Tage später hängt ein leuchtendes ›Open‹-Schild im Fenster.«

»Die Frage ist nur, wie passt unser Anwalt ins Bild?«

»Wir müssen die unterschiedlichsten Ansätze verfolgen. Vielleicht hat Gerd Hennings gespielt, rumgehurt, oder hat eine der Fraktionen ...«

»Oder alle«, unterbrach Anke Frerichs ihren Vorgesetzten. »... oder alle Fraktionen gegen sich aufgebracht.«

Schweigen machte sich zwischen den drei Kriminalbeamten breit.

»Und was ist mit den Tattoo-Studios? Meines Wissens nach darf niemand ohne die Genehmigung der Rocker einen Laden eröffnen«, brach Anke Frerichs das Schweigen.

»Richtig, das soll im Übrigen auch für die ganzen Wettbüros gelten«, warf Enno Melchert ein.

»Gut. Dann müssen wir die ebenfalls unter die Lupe nehmen«, sagte Vollmers. »Legt los. Wir stochern hier zwar etwas im Dunkeln, aber es kann nicht schaden etwas intensiver auf den Busch zu klopfen. Mal sehen, wer darunter herausgehoppelt kommt.«

17

Anke Frerich saß an ihrem Schreibtisch und dachte nach. Was sollte sie tun? Ginas Worte hallten in ihrem Kopf nach. *»Tu das, was dein Herz dir sagt und entscheide einfach. Ihr werdet dann schon sehen was dabei rauskommt. Es gibt nichts Schlimmeres als eine Entscheidung unendlich lange vor sich herzuschieben. Egal ob angenehm oder unbequem. Tu es einfach!«* Sie würde heute Abend ein klärendes Gespräch mit Tanja führen.

Sie schob ihre Zweifel bei Seite und widmete sich wieder den Dokumenten auf ihrem Schreibtisch, die sich nun schon seit Stunden weigerten irgendetwas Interessantes preiszugeben, das sie in ihrem Fall weiterbringen könnte. Mittlerweile waren fast zwei Tage vergangen, seit sie mit der Haus- & Firmendurchsuchung begonnen hatten. Die vorherige Umfeldanalyse war ergebnislos verlaufen. Nun hatte ein zehnköpfiges Team von Spezialisten die gesamte Kanzlei von Gerd Hennings auf den Kopf gestellt, aber bisher noch keinen brauchbaren Hinweis auf ein Motiv gefunden. Enno Melchert hatte den Einsatz geleitet und sich die EDV vorgenommen, hatte Rechner gecheckt, E-Mailkonten für die spätere Analyse gesichert und nach versteckten Dateien gesucht. Auch die zeitgleich stattfindende Durchsuchung der Privaträume des Anwalts war ohne Ergebnis geblieben. Und auch die ausführliche Befragung der Mitarbeiter und der Ehefrau des Ermordeten hatte die Ermittler keinen Schritt weitergebracht. Der Anwalt war wirklich in zu vielen Bereichen aktiv gewesen, hatte sich nicht nur für seine Mandanten, sondern auch für einige wohltätige Projekte engagiert. Mit seiner unnachgiebigen Art hatte er sich, wie von einem Anwalt auch nicht anders zu erwarten, nicht nur Freunde gemacht. In seinem Archiv fanden sich diverse Drohbriefe und E-Mails mit entsprechendem Inhalt.

Anke seufzte, streckte sich und atmete zweimal tief durch. Sie würden diversen Spuren nachgehen müssen, von denen ein Großteil sehr wahrscheinlich im Nichts verlaufen würde. Zeit für einen Kaffee. Sie stand auf, beugte sich weit nach vorne und versuchte, mit den Fingerspitzen ihre Füße zu erreichen. Das misslang jedoch ordentlich. Ein leises Kacken war zu vernehmen, fast zeitgleich durchfuhr ein stechender Schmerz ihren Rücken. Nach Luft ringend stützte sie sich vorsichtig mit der Hand an der Kante ihres Schreibtisches ab und verharrte steif, wartete darauf, dass der Schmerz langsam nachließ. *Du warst auch schon mal fitter*, sagte sie innerlich zu sich selbst und nahm sich fest vor, mal wieder zum Yoga mitzugehen, wenn Tanja das nächste Mal einen Kurs belegte.

Die Tür wurde aufgerissen. »Ist Enno da?«

Anke sah die zierliche Blondine zunächst nur irritiert an, dann ließ sie ihren Blick demonstrativ einmal durch den Raum und dann zurück zu Mandy wandern. »Siehst du ihn hier irgendwo?«

Die junge Kollegin vom Empfang errötete augenblicklich, murmelte ein kurzes »Sorry«, und verschwand. Hinter ihr fiel die Bürotür klackend ins Schloss.

Was war das denn jetzt?, dachte Anke. Sie musste Lächeln. Es war ein offenes Geheimnis, dass Mandy Dittchen ein Auge auf Ankes jungen Kollegen geworfen hatte, und auch Enno flirtete oft mit ihr, aber ob da mittlerweile etwas lief entzog sich ihrer Kenntnis. Der ehemalige Journalist flirtete generell gerne und hatte einen Schlag bei Frauen allen Alters. Er ging als charmanter Schwiegersohn-Typ ebenso durch, wie als attraktiver Mr. Niceguy von nebenan. Eine feste Freundin hatte er aber, zumindest seit Anke ihn kannte, noch nie gehabt. Das schien sich in den letzten Wochen geändert zu haben. Auch wenn er sich diesbezüglich noch bedeckt hielt, hatte sich bei ihrem Kollegen ganz sicher etwas verändert, das spürte sie – ihre weibliche Intuition sagte ihr das.

Kaffee. Vorsichtig drückte sie sich, in Erwartung einer neuerlichen Schmerzwelle, vom Schreibtisch hoch. Es ging. Erleichtert atmet sie auf und rappelte sich hoch. Da wurde die Tür erneut aufgerissen und Enno Melchert stürmte mit hochrotem Kopf ins Zimmer.

Anke fuhr vor Schreck zusammen. Erneut durchzuckte sie ein heftiger Schmerz, der sie zurück auf die Tischkante sinken ließ. Ohne sie eines Blickes zu würdigen stürmte er an ihr vorbei und knallte einen Pappbecher mit Kaffee auf ihren Tisch. Mit einem knappen »Ich habe einen Kaffee von Woyton mitgebracht. Vielleicht schmeckt er dir ja «, verschwand er grummelnd hinter seinen zwei Monitoren.

Irritiert bugsierte sich die Kommissarin von der Tischkante zurück auf ihren Stuhl. Zumindest das

Kaffeeproblem war nun gelöst. Hinter den Bildschirmen ihres Kollegen schienen sich gerade aber ganz neue Schwierigkeiten aufzutun.

Anke beschloss ihn erst mal in Ruhe zu lassen. Sie nahm einen Schluck vom mitgebrachten Kaffee. Er schmeckte ausgezeichnet. Sie musste grinsen. *Des einen Freud, ist des anderen Leid*, dachte sie und widmete sich dann wieder den vor ihr liegenden Akten.

18

In etwa zur gleichen Zeit war Werner Vollmers in Nadorst unterwegs. Er hatte die Aufgabe übernommen die diversen Tattoostudios in den Oldenburger Stadtteilen zu besuchen. Er musste einfach raus. Tatenlos im Büro herumzusitzen hatte ihn fast in den Wahnsinn getrieben.

Der Kommissar atmete einmal tief durch, blickte sich um und betrat den kleinen Laden. Es war der dritte auf seiner Liste.

Der fast zwei Meter messende Mann war ein Gesamtkunstwerk, wie man es selten zu sehen bekam. Der über und über mit unzähligen farbigen Tattoos verzierte Körper ließ nur noch wenig Platz für weitere Kunstwerke. Bis auf wenige Stellen, war seine ursprünglich sehr bleiche Haut komplett unter Tätowierungen verschwunden.

Seit seiner Kindheit litt er unter einer besonderen Form des Albinismus. Seine Haut glich der eines Vampirs, die roten Augen unterstützten den Eindruck. Selbst im Gesicht fand sich kaum mehr ein Stück freie Haut. In der Szene nannte man ihn nur die Leinwand. Ein passender Name, wie der Ermittler fand.

»Wer macht denn sowas? So einen albernen Scheiß tätowieren wir hier nicht. Da fragen sie lieber mal hundert Meter die Straße runter.« Er deutete in Richtung Innenstadt. Vollmers sah ihn nur fragend an.

»Wir machen hier Kunst, keine Abziehbilder fürs Sammelalbum. Wir nehmen unseren Job ernst.« Er zog ein dicken, in Leder eingefassten Einband hinter dem Tresen hervor und zeigte auf eines der formatfüllenden Fotos. »Hier«, er deutete auf einen mit Blumen und anderen Ornamenten verzierten Totenschädel der auf den Rücken eines Mannes tätowiert worden war, »der erste Platz bei der letzten Tattoo-Convention in London.«

Vollmers runzelt die Stirn. Er hatte mit dem Begriff Kunst so seine Probleme. Für ihn war dieser ganze Tattookram, ähnlich wie die mittlerweile überall gegenwärtigen Piercings, lediglich eine Form von bewusster Selbstverstümmelung. Sogar sein Bankberater trug seit neuestem einen kleinen Ring in der Augenbraue. Eine gruselige Entwicklung, aber wohl nicht zu ändern ...

Als Werner Vollmers das Tattoostudio verließ und auf die Nadorster Straße trat, lief er einem alten Bekannten, dem Steinmetz Jan Wandscher, direkt in die Arme. Sie hatten sich erst vor wenigen Wochen zuletzt gesehen, als es darum ging einen Gedenkstein für die verstorbene Schwester des Ermittlers zu gestalten.

»Hallo Jan«, begrüßte Vollmers ihn und streckte dem stämmigen Mann mit dem neckischen Kinnbart die Hand entgegen.

»Vollmers, mein Freund. Schön dich zu sehen«, antwortete der Steinmetz, ergriff die ihm angebotene Hand und drückte sie. »Na, was machst du denn hier?«, fragte er. »Hast du dir ein Tattoo stechen lassen?« Er grinste. Vollmers, der unter dem kräftigen Händedruck noch ein paar Zentimeter kleiner geworden war, befreite sich aus der Schraubzwinge und rang sich, die Hand reibend, ebenfalls ein Lächeln ab. »Ein dienstlicher Besuch.«

Wandscher fiel ihm ins Wort: »Lass mich raten, es geht um das Tattoo das ihr auf dem Körper des toten Anwalts gefunden habt, richtig?« Freudig erregt sah ihn der Steinmetz an.

Vollmers schwieg zunächst und verfolgte den um diese Zeit stockenden Verkehr, der, träge aus Richtung Innenstadt kommend, stadtauswärts dahinfloss. Dann antwortete er: »Ja, du hast Recht. Wir klappern gerade alle Tattoostudios ab.«

Das Hupen eines Transporters, der beinahe einen Radfahrer überfahren hatte, unterbrach die Unterhaltung. Vollmers letzter Satz ging in den wilden Beschimpfungen des Fahrradfahrers unter, als der an ihnen vorbeikam. Innerlich schüttelte der Kommissar den Kopf. Das Licht funktionierte nicht, und der junge Mann war komplett in Schwarz gekleidet. Kein Wunder, dass ihn der Fahrer im Halbdunkel übersehen hatte.

»Kanntest du den Toten?«, fragte Vollmers als wieder etwas Ruhe eingekehrt war.

»Ja, er war auch Mitglied der Nadorster Werbegemeinschaft. Ein netter Kerl. Ich kannte ihn nicht wirklich gut, aber ich fand ihn ganz okay. Er hat sich glaube ich sehr für die Straße und unseren Stadtteil eingesetzt. Prostitution, Einzelhandelsentwicklungskonzepte und so ein Kram, meine ich.«

Vollmers horchte auf. Das war interessant.

»Hast du kurz Zeit für einen Kaffee? Ich lade dich ein. Dann kannst du mir vielleicht ein bisschen mehr erzählen, was hier bei euch so los ist.

Jan Wandscher guckte auf die Uhr und rieb sich übers Kinn, zögerte einen Moment, dachte nach, dann stimmte er zu: »Ein Käffchen kann nicht schaden.«

»Gehen wir zu Brockshus?«

Vollmers nickte. Die alteingesessene Konditorei war sein absoluter Favorit, wenn es um Kuchen ging.

Nachdem sie sich neben einem Kaffee noch ein herrliches Stück Butterkuchen hatten schmecken lassen, beschloss Vollers, nachdem er sich von dem redseligen Steinmetz verabschiedet hatte, spontan einen kurzen Abstecher zu dem nicht weit entfernten, auf der gegenüberliegenden Seite liegenden Fachgeschäft für Porzellan und Haushaltsgegenstände zu machen. Seine Frau wünschte sich seit langem schon ein neues Geschirrset von Villeroy und Boch. Möglicherweise ergab sich jetzt eine Möglichkeit das Recht teure Porzellan zu einem Schnäppchenpreis zu ergattern.

Das seit über 125 Jahren bestehende Traditionsunternehmen würde in Kürze seine Pforten schließen, die riesigen roten Aufkleber, auf denen in weißer Schrift das Wort RÄUMUNGSVERKAUF prangte ließen ihm einen Schauer über den Rücken laufen. Wieder musste sich ein alteingesessenes Geschäft dem Druck der scheinbar übermächtigen Onlineshops beugen. Die Kunden blieben aus und das Ladensterben zog, einer Kette von umfallenden Dominosteinen gleich, ein Geschäft nach dem anderen in seinen Sog.

Vollmers kam sich irgendwie wie ein Leichenfledderer vor, als er das Geschäft durch die Glastür betrat und sich in dem bereits halb leeren Verkaufsraum umblickte. Regalleichen und geplündert Verkaufsdisplays zeugten davon, dass die Kundschaft nur noch kam, wenn es ein Schnäppchen zu machen gab und Rabatte bis zu 70 Prozent die Aasgeiger lockten. Und er war einer von ihnen. Vollmers zog sich der Magen zusammen, Schweiß trat ihm auf die Stirn, er musste hier raus. Als er unvorsichtig aus dem Laden auf den Bürgersteig hinaustrat, erwischte ihn fast ein Fahrradfahrer der aus Richtung Innenstadt kommend laut schimpfend an ihm vorbeischoss und beinahe mit der direkt an der Ecke Nadorster und Bürgeresch Straße stehenden Ampel kollidiert wäre.

19

Irena Barkemeyer kam, nur mit einem übergroßen T-Shirt bekleidet und zwei Kaffeebechern in der Hand ins Schlafzimmer, in dem Torben Kuck sie bereits sehnsüchtig erwartete. Er lag mit gewuschelten Haaren im Bett und wartete auf seine Freundin. Als sie in den Raum betrat zeichnete sich ein breites Grinsen auf seinem Gesicht ab.

»Was?« Sie sah ihn fragend an.

»Du hast da nicht wirklich ein T-Shirt mit dem Gesicht von Edmond Locard an, oder?« Er deutete mit dem Finger auf das ausgeblichene Konterfei eines Mannes auf ihrem T-Shirt, das entfernt an den von Peter Ustinov dargestellten belgischen Detektiv Hercule Poirot erinnerte.

Irritiert runzelte sie die Stirn und blickte dann an sich herab.

»Du bist der erste Forensik-Groupie den ich kenne.« Er lachte laut auf und nahm ihr die für ihn bestimmte Kaffeetasse ab. Sie zog einen Schmollmund, dann antwortete sie:

»Edmond Locard war ein echter Pionier der Forensik. Er wurde auch der ›Sherlock Holmes von Frankreich‹ genannt und ist schon lange tot. Außerdem bin ich keine ›Groupie‹ – das bedeutet nämlich: weiblicher Fan, der sexuellen Kontakt zu seinem Idol sucht.« Sie stellte ihren Kaffee neben dem Bett ab und schlüpfte wieder unter die Decke. Der Kriminaltechniker verdrehte die Augen und dozierte nun seinerseits:

»Er formulierte das Grundprinzip der forensischen Wissenschaft, nämlich das ›jede Berührung eine Spur hinterlässt‹. Diese Erkenntnis wird auch Locard'sche Regel oder auch Locard'sches Prinzip genannt.«

»Ich bin beeindruckt.« Sie nippte an ihrem Kaffee und genoss den Duft von Zimt, den sie sich auf die milchig braune Flüssigkeit gestreut hatte. Seit ihrem Studium auf der Bodyfarm an der FGCU, der Florida Gulf Coast University, hatte sie sich diese Eigenart angewöhnt. Dort hatte sie sich damals auch das T-Shirt gekauft.

»Edmond Locard hat eine wirklich herausragende Rolle in der europäischen und weltweiten Entwicklung der Kriminalistik gespielt, da darf ich ihn doch wohl auf meinem Shirt verewigen, oder?« Sie zwinkerte ihrem Freund zu.

»Alles was du willst, mein Schatz.« Er zwinkerte ihr zu, stellte seinen Kaffee beiseite und begann, unter der Bettdecke zu ihr hinüber zu krabbeln.

Er wollte gerade zum Frontalangriff übergehen, als Irena Barkemeyer ihn rabiat stoppte. Fragend sah er sie an. »Was hast du? Alles okay?«

»Mir ist gerade etwas eingefallen«, antwortete sie und setze sich auf.

»Jetzt? Spinnst du?«

Sie ignorierte seinen verwirrten Blick.

»Wir könnten die Tinte der Tattoos analysieren. Wenn wir dann ein entsprechendes Gegenstück finden würden, dann hätten wir eine heiße Spur. Wir müssten nur noch das Tattoostudio finden zu dem die Tinte passt und hätten den Täter.«

Torben Kuck sah seine Freundin mit großen Augen an. Er konnte nicht fassen, dass sie in einem solchen Augenblick an die Arbeit dachte. In gleichem Maße wie seine Erregung nachließ, begann sein Verstand zu arbeiten und das eben Gesagte zu verarbeiten.

»Du könntest Recht haben. Aber das wäre eine Heidenarbeit. Wir müssten von jedem Tattoostudio in Oldenburg eine, beziehungsweise mehrere Proben nehmen. Das kann Tage, wenn nicht Wochen dauern.« Sie nickte zustimmend. »Da hast du Recht, aber soweit ich weiß, tappen Vollmers und sein Team gerade im Dunkeln. Auf einen Versuch käme es an. Außerdem würde ich erst mal mit den naheliegendsten Studios anfangen. In Nadorst.« Sie sprang aus dem Bett, griff nach ihrer Hose und schlüpfte hinein. »Ich muss sofort telefonieren!«

Mit einem Stöhnen ließ sich Torben Kuck zurück in die Kissen sinken, vorbei war es mit der trauten Zweisamkeit. Der Alltag hatte sie eingeholt.

20

Für den Mann unbemerkt, löste sich hinter ihm ein stummer Schatten aus der Dunkelheit und trat lautlos hinter ihn. Noch ahnte er nichts von der drohenden Gefahr. Er freute sich auf einen entspannten Abend mit Freunden in der Oldenburger Innenstadt. Es war Freitagabend.

Eigentlich hatte er vorgehabt, nach einer anstrengenden Woche zuhause zu bleiben, und es sich auf dem Sofa mit ein paar Bierchen, einer Pizza, Chips und Schokolade gemütlich zu machen. Doch dann hatte ein Telefonanruf seine Pläne zunichte gemacht. Drei seiner Freunde vom Motorradclub hatten sich spontan in der City zusammengefunden und ihn überredet noch dazu zu kommen. Die Aussicht auf eine Kneipentour mit seinen Kumpels hatte ihn schließlich doch noch aus dem Haus getrieben. Er hatte kurz geduscht und sich umgezogen.

Nun stand er allein, die Hände tief in den Taschen seiner Jacke vergraben, an der Bushaltestelle und wartete auf die Nachteule, die ihn nach einer kurzen Fahrt am Lappan absetzen sollte. Tagsüber trieb das gute Wetter die Temperaturen zu Höchstwerten an, doch nachts machte sich der nahende Herbst mittlerweile deutlich bemerkbar. Er wollte gerade den Kragen seiner Jacke hochschlagen, als ihn ein stechender Schmerz zusammenfahren ließ. Instinktiv schnellte seine Hand an die schmerzende Stelle an seinem Hals. Er wollte sich wehren, doch das Sedativum ließ seine Arme und Beine lahm werden. Sein

Sichtfeld trübte sich ein und eine unsagbare Schwere durchflutete binnen Sekunden seinen ganzen Körper. *Was passiert mit mir ...* waren die letzten vier Worte die in seinem Gehirn Gestalt annahmen, bevor er in eine tiefe Bewusstlosigkeit abtauchte.

In einer fließenden Bewegung zog der Angreifer mit einem Ruck zunächst die Spritze aus dem Hals seines Opfers, um den unter ihm zusammensackenden Mann dann geschickt aufzufangen, bevor er ganz zu Boden ging. Mit untergehakten Armen, im klassischen Rettungsgriff gefangen, zog ihn der Schatten in ein Gebüsch hinter die Haltestelle, wo sein Wagen bereits auf die beiden wartete.

Trotz der Anstrengung zufrieden grinsend, zog er den bewusstlosen Tammo Eddiks bis zu seinem Ford Mustang und wuchtete den leblosen Körper in den Kofferraum, klappte den Deckel zu und stieg ein. Er atmete zwei Mal tief durch. Dann ließ er den Motor an, stellte den Wahlhebel der Automatik auf D und fuhr in der Dunkelheit davon. Seine Gedanken wanderten von dem Mann im Kofferraum, in die nahe Zukunft. Nur noch diesen einen Auftrag, dann würde er dieser kleinen netten Stadt für eine lange Zeit, vielleicht sogar für immer, den Rücken kehren. Eine weitere Aufgabe wartete bereits auf ihn, eine weitere Botschaft wartete darauf überbracht zu werden. Sein neuer Auftrag würde ihn in eine circa vierhundert Kilometer entfernte Universitätsstadt führen. Einen der vierundachtzigtausend Einwohner der siebtgrößten Stadt in Hessen erwartete der Tod!

Doch zunächst musste er sich um diesen Fall kümmern. Bei dem Gedanken an die bevorstehende Prozedur, umspielte ein Lächeln der Vorfreude seine Lippen. Er liebte seinen Job.

Diesmal würde er seinem Opfer fünf Tage geben. Fünf Tage in Angst, Verzweiflung und der immerwährenden Gewissheit des kurz bevorstehenden Todes. Eine Mahnung an alle, die sich mit den falschen Leuten einließen oder zu viel redeten.

21

Samstag. Markttag in Oldenburg. Anke Frerichs war in ihrem Mercedes gerade auf der Nadorster Straße in Richtung Pferdemarkt unterwegs, um ihre wöchentlichen Einkäufe zu erledigen, als der Kommissarin im Vorbeifahren plötzlich etwas ins Auge fiel, dass sie heftig in die Bremse treten ließ.

Der kleine Sportwagen reagierte prompt. Tanja Bremer sah ihre Frau verwirrt an. Wie üblich hatte sie es sich auf dem Beifahrersitz bequem gemacht und ließ sich chauffieren. Die Sonne schien strahlend vom Himmel und versüßte ihnen den Tag.

»Ey! Was machst du denn?«

»Entschuldige. Ich habe da etwas gesehen.« Sie war bereits im Begriff mitten auf der Straße zu wenden. Ein BMW machte hupend einen Schlenker. Sie fuhren keine hundert Meter zurück in die Richtung aus der sie gekommen waren, dann lenkte Anke Frerichs den Wagen auf den Parksteifen und stellte den Motor ab. Suchen blickte sich Tanja Bremer um. Als sie jedoch nichts von Bedeutung entdecken konnte, sah sie ihre Lebensgefährtin fragend an. Diese hatte sich umgewandt und blickte über ihre Rechte Schulter hinweg auf eine riesige Plakatwand, die in einer Einfahrt zwischen zwei Häusern hin. Tanja folgte ihrem Blick.

»Das darf doch nicht wahr sein«, murmelte die Ermittlerin leise vor sich hin. Von dem etwa drei mal zwei Meter messenden Plakat lächelten zwei leicht bekleidete Damen auf sie herab und warben so für den in Düsseldorf ansässigen und angeblich europaweit größten Sauna-Club namens Magnum. Tanja Bremer verstand nicht. Dann zog die Kommissarin ihr Handy aus der Tasche, machte ein Foto und schickte es per WhatsApp an ihre Kollegen weiter.

»Sauna-Club steht in diesem Fall für Bordell«, erklärte Anke Frerichs. Sie hatte das Fragezeichen auf dem Gesicht ihrer Lebensgefährtin gesehen.

»Und?« Der Kindergärtnerin war noch immer nicht ganz klar, was ihre Frau so beunruhigt hatte, dass sie so unvermittelt in die Bremse gestiegen war.

Das Handy vibrierte. Enno hatte geantwortet. Sie öffnete die Kurznachricht: *»Das ist ja entsetzlich. Die Globalisierung hat Oldenburg erreicht. Wir müssen sofort eine Gegenwerbeaktion ins Leben rufen. Die werben unseren örtlichen Nutten die Freier ab.«* Ein zwinkernder Smiley schloss die Nachricht ab. Dann vibrierte das Handy abermals.

»Support your local prostitute.« Noch ein zwinkernder Smiley.

»Idiot«, antworte Anke Frerichs, konnte sich aber eines Grinsens nicht erwehren.

Trotzdem hatte sie kein gutes Gefühl bei der Sache. Wenn Düsseldorfer Puffbesitzer hier so gezielt Werbung machten, bedeutete das, dass sie sich davon etwas versprachen. Also war dieser Teil von Oldenburg wohl mittlerweile weit über seine Grenzen hinaus für sein Rotlicht-Milieu bekannt. Kein gutes Signal für die Übermorgenstadt. Sie drückte Tanja kommentarlos das Mobiltelefon in die Hand, damit sie nachlesen konnte, was Enno geschrieben hatte und dadurch ihre Frage Beantwortung fand. Dann startete sie den Wagen und wendete erneut.

Auf dem Weg zum Pferdemarkt sollte Ihnen das Plakat noch zwei weitere Male begegnen. Ein ungutes Gefühl begann sich in ihrer Magengegend festzusetzen.

22

Janina Jablonski, so lautete ihr richtiger Name, rannte von Angst getrieben die Straße entlang. Sie spürte, nein, sie wusste, dass sie verfolgt wurde.

Die Prostituierte hatte den schwarzen Transporter das erste Mal bewusst wahrgenommen, als sie kurz zuvor von der Kriegerstraße in die Nadorster Straße eingebogen war. Er hatte unerkannt in einer dunklen Ecke auf dem Parkplatz vom Biomarkt gestanden. Als sie fast an der Einfahrt vorbei war, flammten die Scheinwerfer auf und der Motor wurde gestartet. Instinktiv wanderte die Hand der dreißigjährigen Polin, die heute ihr braunes Haar unter einer blonden Perücke versteckte, in ihre Handtasche und suchte nach dem Pfefferspray, das sie zur Sicherheit immer bei sich trug. In ihrem Job war diese kleine Dose ihre Lebensversicherung. Mehr als einmal hatte sie damit einen zu aufdringlichen Freier in Schach gehalten und ihm ihre Grenzen aufgezeigt. Wirklich benutzen müssen hatte sie es, in den mittlerweile fünfzehn Jahren ihrer Tätigkeit als Hure, erst zwei Mal. Das eine Mal hatte sie einen angetrunkenen Russen, der mit einem Messer auf eine Kollegin losgegangen war, mit einem gezielten Sprühstoß außer Gefecht gesetzt, das andere Mal hatte sie dem Pitbull ihres damaligen Zuhälters so viel von der brennenden Substanz in die Augen gesprayt, bis er endlich von ihr abgelassen hatte. Die Narben an ihrem Arm, würden sie für immer an diese schreckliche Nacht erinnern.

Noch im Krankenhaus hatte sie den Entschluss gefasst, Hamburg für immer den Rücken zuzukehren. Nur mit dem was sie am Leibe trug und ihren Einnahmen aus der letzten Nachtschicht auf dem Kiez, war sie mit dem Taxi direkt von der Notfallambulanz zum Bahnhof gefahren und dort in den erstbesten Zug gestiegen, der die Hansestadt verließ. Über merkwürdige Umwege und nach einer ziellosen Irrfahrt kreuz und quer durch diverse deutsche Städte war sie schließlich irgendwie in Oldenburg gestrandet und dortgeblieben. Zum ersten Mal in ihrem Leben hatte sie auf eigene Rechnung gearbeitet, war frei gewesen und verfügte über eigenes Geld.

Sie hatte sich in ihrem Leben in der Huntestadt gemütlich eingerichtet. In der Regel arbeitete sie, wie sie es seit ihrer Kindheit gewohnt war, an sieben Tagen in der Woche, für fünf bis sechs Stunden. Je nachdem wie die Freier kamen. Und wenn sie mal keine Lust verspürte, blieb sie einfach Im Bett, guckte Serien, aß Schokolade und ging nicht anschaffen.

Sie hatte Glück gehabt und schnell eine relativ große Wohnung in einem gepflegten mehrstöckigen Haus gefunden, in der sie Arbeit und Privates weitestgehend ungestört mit einander verbinden konnte. Ihr Vermieter, der unten in einer Einliegerwohnung im Souterrain wohnte, legte keinen großen Wert auf ein reguläres Mietverhältnis. Er mochte Bargeld und Janine ging dem fast siebzigjährigen, ehemaligen Kneipenwirt, für sein Entgegenkommen, von Zeit zu Zeit, auf ihre Art und Weise zur Hand. Auch die relativ vielen männlichen Besucher seiner Mieterin störten ihn nicht, bemerkte er die meist sehr um Unauffälligkeit bemühten Männer doch kaum.

Unter dem Strich waren beide mit diesem Agreement sehr zu frieden. Janine empfand das erste Mal in ihrem Leben so etwas wie Glück, nicht zuletzt auch deswegen, weil sie das erste Mal in Ihrem Leben etwas ›Privates‹ am Laufen hatte. Ihr Leben schien perfekt, bis die Anrufe begannen und der schwarze Van das erste Mal vor ihrer Tür aufgetaucht war.

Zunächst hatte sie befürchtet, dass Johnny, ihr damaliger Zuhälter sie gefunden hatte, doch da der Kastenwagen ein Oldenburger Kennzeichen trug, hatte sie den Gedanken schnell wieder bei Seite geschoben. Doch wer war es dann? Immer öfter tauchte der mattschwarz lackierte oder mit Folie beklebte Transporter vor ihrer Tür auf oder zog seine Kreise, wie ein Hai, immer enger und enger, um sein Opfer. Janinas Unbehagen wuchs von Tag zu Tag. Sie ahnte was das bedeutete. Ihr Treiben war nicht unbemerkt geblieben, nun interessierten sich die ortsansässigen Geschäftsleute für sie – und ihre Einnahmen.

Sie lief weiter. Das Klackern ihrer High Heels auf dem Asphalt wurde dumpf von den Wänden der Geschäfte zurück in die Nacht geworfen. Ein Taxi schoss stadtauswärts an ihr vorbei, nahm aber keine Notiz von ihrem verzweifelten Winken.

Langsam kam sie außer Atem, obwohl sie nicht rauchte, war es um ihre Kondition, zumindest was das Laufen betraf, nicht sonderlich gut bestellt. Sie hatte es nicht mehr weit bis nach

Hause. Fünf, vielleicht zehn Minuten noch. Einmal links, einmal rechts und dann wieder links abbiegen, dann würde sie es geschafft haben.

Noch dreihundert Meter. Sie kramte in ihrer Tasche nach dem Schlüssel. Hinter ihr bog der Transporter im Schritttempo um die Ecke. Panisch blickte sie sich um, wo war dieser verdammte Schlüssel bloß? Nur noch zweihundert Meter. Der Schlüssel. Wo versteckte er sich? Sie schüttelte ihre Tasche, sein leises Klimpern klang durch die Nacht. Einhundertfünfzig Meter. Da, der Schlüssel. Sie zog ihn aus dem Futter ihrer Handtasche hervor. Der Van folgte ihr unbeirrt, bedrohlich, wie eine Raubkatze im Dunkeln, schien er sie zu belauern. Ihre Beine brannten. Noch fünfzig Meter. Ihr Absatz verfing sich in einer Ritze des Kopfsteinpflasters, sie strauchelte, versuchte sich an der Stoßstange eines geparkten Geländewagens festzuhalten, rutschte aber ab und ging zu Boden. In diesem Moment hörte sie das Aufbrüllen des V8. Der Kastenwagen schoss heran, wie ein Raubtier, das sein Opfer so lange belauerte bis es einen Fehler machte und dann zuschlug.

Verzweifelt versuchte sich Janina wieder hochzurappeln, doch sie rutschte immer wieder an dem scheinbar frisch polierten SUV ab. Die Seitentür des Vans wurde aufgerissen. Zwei ganz in schwarz gekleidete Männer sprangen heraus, rissen sie von beiden Seiten auf die Beine und stülpten ihr im gleichen Atemzug einen undurchsichtigen Sack über den Kopf. Augenblicklich verschwand die Wirklichkeit vor ihren Augen. Janina wurde in den Kastenwagen gestoßen.

Als die Tür hinter ihr ins Schloss gezogen wurde und der Achtzylinder erneut aufheulte, wusste sie, dass ihre guten Zeiten in Oldenburg vorbei waren.

***

Als Janina Jablonski erwachte fand sie sich, die Arme auf dem Rücken gefesselt, auf einem Stuhl sitzend wieder. Man hatte ihr die Augen verbunden, ein Knebel im Mund machte ihr das Atmen schwer. Ihr gesamter Körper schmerzte.

Panisch versuchte sie sich zu erinnern was passiert war. Nur langsam kämpften sich ein paar Erinnerungsfetzen an die Oberfläche ihres Bewusstseins. Die Nacht. Das Geräusch von Stöckelschuhen auf Asphalt. Der Van. Angst. Panik. Der Überfall. Dunkelheit.

Unruhig rutschte sie, so gut es die Fesseln zu ließen, auf dem Stuhl hin und her und versuchte, sich zu befreien. Ein sinnloses Unterfangen. Je stärker sie an den Stricken zog, desto mehr schienen sie sich zuzuziehen, schnitten ihr in die Haut. Die Schmerzen sorgten auf eine perverse Art dafür, dass sich ihr Verstand langsam immer mehr aufklarte. Sie erinnerte sich nun bruchstückhaft an die Geschehnisse nach der Entführung. Ihre beiden Entführer hatten sie verprügelt und geschlagen. Weichgeklopft, wie man in der Zuhälterszene sagte.

Damit das kostbarste Gut einer Hure, ihr Gesicht, aber auch ihr Körper, keinen dauerhaften Schaden nahm, ›züchtigte‹ man die Frauen mit einem weichen Gegenstand. Zum Beispiel mit einem in eine Socke gesteckten Paket Butter, die wie eine Schleuder geschwungen und mit dem dann auf das Opfer eingeschlagen wurde. Die Schmerzen waren auf Dauer schier unerträglich, aber es blieben außer ein paar blauen Flecken, keine sichtbaren Schäden am Körper zurück. Aus der Sicht ihrer Peiniger eine sehr effektive und ressourcenschonende Methode.

Sie hörte, wie sich hinter ihr eine Tür öffnete und jemand in den Raum trat. Schritte hallten blechern von den Wänden wider. Janina vermutete, dass sie sich nicht in einem Zimmer, sondern in einer großen Halle befinden musste. Angst wallte in ihr auf. Noch einmal würde sie diese Tortur nicht überstehen.

»Bitte. Bitte schlagen Sie mich nicht mehr«, wimmerte sie. Tränen sickerten in den Stoff ihrer Augenbinde. »Ich bitte Sie!« Eine erneute Welle der Angst überrollte sie, als sie zunächst den gleichmäßigen Atem einer Person, unmittelbar an ihrem rechten Ohr, vernahm, und dann das leise, aber penetrante Rattern eines elektrischen Gerätes, das sie entfernt an einen Zahnarztbohrer erinnerte.

Was folgte war ein stechender Schmerz im Nacken, direkt unter ihrem Haaransatz. Es fühlte sich an, als ob ihr die Haut abgeschabt werden würde. Sie biss auf den Knebel und presste die Augen zusammen, konzentrierte sich, wünschte sich an einen anderen Ort. Sie versuchte den Schmerz zu verdrängen, in ihr Traumland zu fliehen, so wie sie es immer tat, um die Pein und die

Erniedrigung zu überstehen, während sie die Wünsche ihrer Freier erfüllte.

Dann, nach einer gefühlten Unendlichkeit, herrschte plötzlich Stille.

Sie spürte, wie ihr jemand etwas auf die brennende Stelle schmierte. Der Schmerz in ihrem Nacken ebbte augenblicklich etwas ab. Auf das Geräusch vom Aufreißen einer Papierverpackung folgte das Gefühl, als ob ihr jemand was auf die Haut klebte. Ein Pflaster?

»Du gehörst jetzt uns!«, sagte die Stimme. Sie spürte, wie die Fesseln an den Füßen und ihrem Oberkörper gelöst wurden. Danach zog man sie in die Höhe und führte sie stolpernd irgendwo hin.

Das Geräusch der Schiebetür. Sie erkannte es wieder. Der Van. Sie wurde hineingeschubst. Dann würde die Tür wieder zugezogen, und der Motor erwachte zum Leben, ein Ruckeln zeugte davon, dass sie sich in Bewegung gesetzt hatten.

Verdammte Scheiße, wo war sie hier nur rein geraten, dachte sie noch, dann explodierte ein heftiger Schmerz an ihrer rechten Schläfe, und sie verlor das Bewusstsein.

23

»Ich möchte eine Vermisstenmeldung aufgeben«, sagte der Mann. Sein Name war Fred Stührenberg. Er stand, auf einen Krückstock gestützt, vor dem Tresen des Polizeipräsidiums in der Friedhofstraße 30 und wartete darauf, dass sich endlich jemand um ihn kümmern würde.

Um ihn herum herrschte hektische Betriebsamkeit. Uniformierte Polizisten mischten sich mit Zivilisten. Laute Rufe schallten durch den überfüllten Vorraum, das Telefon klingelte im Minutentakt. Für einen Montagabend war hier heute extrem viel los. Enno Melchert kam die Treppe herunter. Er wollte Feierabend machen. Verwundert blickte er auf das Chaos. Drei uniformierte Kollegen versuchten, einen betrunkenen Randalierer in den Griff zu bekommen, zwei andere versuchten eine Gruppe kreischender Frauen davon abzuhalten, sich gegenseitig an die Gurgel zu gehen, und ein weiterer war verzweifelt bemüht, sich mit zwei dunkelhäutigen Männern zu verständigen, die augenscheinlich kein Wort Deutsch sprachen, aber trotzdem unablässig auf den Polizisten einredeten. Gott sei Dank war das nicht seine Baustelle. Er beneidete seine Kollegen von der Streife nicht. Was die teilweise aushalten, über sich ergehen lassen mussten, war unglaublich. Und das auch noch bei einer nicht besonders befriedigenden Bezahlung.

Er wollte gerade das Gebäude durch den Hintereingang verlassen, als ihm der alte Mann auffiel. Er wirkte, wie er so dastand, in mitten des Gerangels, in seiner lose von den dürren Schultern hängenden Strickjacke, auf einen Stock gestützt, irgendwie hilflos und verloren. Niemand kümmerte sich um ihn. Er ging zu ihm hinüber.

»Guten Abend. Mein Name ist Enno Melchert. Kann ich etwas für Sie tun?«, sprach Enno den älteren Herren an. Er fasste ihn dabei behutsam am Unterarm und versuchte, ihn so aus der Menge heraus zu bugsieren. Der Mann folgte ihm nur langsam.

»Ich möchte eine Vermisstenmeldung aufgeben«, wiederholte der Senior sein Anliegen, als sie einen Moment später in einem kleinen Raum, abseits des ganzen Trubels, an einem einfachen Holztisch platzgenommen hatten.

»Um wen geht es denn?«

»Um Janina Jablonski, eine meiner Mieterinnen. Sie ist seit zwei Tagen nicht mehr Zuhause gewesen. Ich mache mir Sorgen ...«

Der Name ließ den Ermittler hellhörig werden: »Erzählen Sie mir mehr!«

Als der alte Mann fortfuhr begann sich nach und nach eine eiskalte Hand um sein Herz zu legen.

24

Das Telefon klingelte und unterbrach Vollmers bei seinem Wutausbruch. Noch immer völlig in Rage riss er den Hörer von der Gabel.

»Vollmers! Wehe, es ist nicht wichtig.« Er schwieg einen kurzen Moment. Seine Augen weiteten sich.

»Stellen sie durch. Sofort!« Ein leises Klicken in der Leitung stellte die Verbindung her.

»Hier spricht Hauptkommissar Werner Vollmers. Wie kann ich Ihnen helfen?« Schweigen. Stille. Atmen. »Hallo? Können Sie mich hören?« Als Antwort nur das Geräusch gehetzter Atemzüge. »So reden Sie doch mit mir. Ich kann Ihnen helfen!« Nichts. Dann ein weiteres Klicken in der Leitung, das signalisierte, das die Verbindung unterbrochen wurde.

»Verdammter Mist!« Vollmers schleuderte den Hörer zurück auf die Gabel.

»Was ist denn los?«, fragte Anke Frerichs. Vollmers schwieg. »Nun mach es nicht so spannend. Red schon!«

»Da war jemand dran, der kürzlich angeblich auch so ein Tattoo verpasst gekriegt hat. Laut seiner Aussage zeigt es das Datum von übermorgen. Er hat nichts gesagt, nachdem Mandy durchgestellt hatte, nur geatmet. Dann hat er aufgelegt.«

»Das darf doch nicht wahr sein!«, rief die Kommissarin. Vollmers ließ sich auf seinen Stuhl fallen, verbarg das Gesicht in beiden Händen und rieb sich die Stirn.

»Haben wir vielleicht die Nummer?«, fragte Enno Melchert leise in die Stille hinein. Vollmers blickte auf. Sein Gesichtsausdruck signalisierte dem ehemaligen Journalisten, dass sein Kollege nicht verstand.

Ohne weiter abzuwarten rief Enno Melchert in der Zentrale an. Vielleicht hatten sie ja Glück, und der Anrufer hatte unbeabsichtigt seine Rufnummer übermittelt.

***

Tammo Eddiks legte den Hörer vorsichtig zurück auf die Gabel. Die Rufe am anderen Ende der Leitung erstarben. Er hatte sich letztendlich doch nicht getraut. Alles kam ihm so sinnlos vor. Sein Blick fiel auf die, neben dem zur Hälfte gepackten Koffer auf dem Bett liegende, Bild-Zeitung. Die Schlagzeile schien sein Todesurteil zu besiegeln:

Serienkiller oder organisiertes Verbrechen? Verrückter Todesbote kündigt nahendes Ende seiner Opfer mit Tätowierung an!

Ratlos und resigniert verbarg er sein Gesicht in den Händen. Was sollte er bloß tun? Er könnte einfach abhauen, aber wohin?

Außerdem fehlten ihm die finanziellen Mittel um richtig, beziehungsweise für eine ausreichend lange Zeit abtauchen zu können. Seine Reserven reichten für zwei oder drei Monate, wenn er sein Auto verkaufen würde vielleicht für fünf.

Er ließ sich aufs Bett fallen und starrte an die Decke. Einer der kürzlich neu installierten Rauchmelder wachte unbeteiligt über sein Wohl. Vor dem Killer würde er ihn nicht schützen können. Sie würden ihn über kurz oder lang eh finden. Dafür waren sie zu gut vernetzt. Er zerbrach sich den Kopf darüber, was er wohl falsch gemacht haben könnte. Warum hatte man ihn zum Ziel auserkoren und ihn zum Tode verurteilt? Tränen schossen ihm in die Augen. Ich bin doch nur ein einfacher Steuerberater, ein besserer Buchhalter. Mehr nicht.

Als das Telefon etwa zehn Minuten später plötzlich klingelte, zuckte er erschrocken zusammen. Irritiert blickte er zu dem Apparat hinüber. Das Klingeln ließ das Adrenalin durch seine Adern schießen. Wer konnte das sein? Niemand konnte wissen wo er sich verbarg.

Als er schließlich zum Hörer griff, abnahm und seinen Namen nannte, schien die Welt um ihn herum zu explodieren. Die Tür zu seinem Hotelzimmer wurde aufgestoßen. Zwei vermummte Personen stürmten herein, ihre Waffen, zwei kurzläufige Maschinenpistolen, im Anschlag. Zu keiner Reaktion fähig stand er wie angewurzelt, mit aufgerissenem Mund und dem Hörer in der Hand da und verfolgte, wie die beiden Personen binnen kürzester Zeit die weiteren Räume seiner Unterkunft kontrollierten.

»Gesichert!«, hörte er den einen sagen.

Keine dreißig Sekunden später trat eine groß gewachsene Bohnenstange von fast zwei Metern in Jeans und T-Shirt durch die Tür und kam zu ihm hinüber. Er hatte ein Handy in der Hand. Sein Blick wanderte zwischen dem Telefon des Buchhalters und ihm hin und her. Als er kurz darauf eine Taste auf seinem Mobiltelefon betätigte, erstarb im gleichen Moment auch das Telefonklingeln.

»Guten Tag Herr Eddiks. Sie hatten angerufen?«

***

Tammo Eddiks saß mit hängendem Kopf in einem der drei neuen Verhörräume im Polizeipräsidium am Friedhofsweg 30. Sein Nacken schmerzte, sein Kopf rauchte, und seine Augen brannten. Die mittlerweile über zwei Stunden andauernde Befragung hatte bereits deutliche Spuren bei dem Steuerberater hinterlassen.

Gott sei Dank hatten sich die Polizisten jetzt zu einer Besprechung zurückgezogen. Das verschaffte ihm etwas Luft zum Nachdenken. Bisher hatte er sich geweigert zu sprechen, aber allzu lange würde er dem Druck nicht mehr standhalten, das wusste er, das wussten auch die Ermittler.

Nachdem sie ihn in seinem Hotelzimmer aufgegriffen und aufs Polizeirevier gebracht hatten, hatte sich zunächst eine junge blonde Frau von der Rechtsmedizin um die Tätowierung in seinem Nacken gekümmert. Sie hatte Fotos und einen Abstrich gemacht, kleine Proben genommen und war dann lautlos verschwunden, allerdings nicht ohne die Wunde vorher noch zu verbinden und zu desinfizieren. Dann hatten sie ihn zu dritt in die Mangel genommen. Oder besser gesagt zu zweit.

Dieser Enno Melchert und seine Kollegin Anke Frerichs hatten ihn fast pausenlos mit Fragen gelöchert, während ein dritter, ein älterer Polizist, nur schweigend in der Ecke gestanden und zugehört hatte. Ihm war schnell klargeworden, dass dieser Mann hier eigentlich das Sagen hatte. Die beiden anderen machten die Arbeit, er sagte wo es langging.

Er blickte sich in dem spärlich möblieren Raum um. Wäre die Situation nicht so tragisch, hätte der Krimi-Fan schmunzeln müssen. Im Prinzip entsprach der Raum tatsächlich jedem nur möglichen Klischee. Ein Tisch, drei Stühle, ein Mikrofon, eine Kamera an der Decke, und die obligatorische Spiegelwand, hinter der sich die drei Kommissare jetzt wahrscheinlich berieten.

Er dachte nach. Was sollte er nun tun? Auf der Habenseite: Zumindest war er hier erst einmal in Sicherheit. Hier würde der Killer ihn wohl kaum erwischen. Er wog seine Möglichkeiten, seinen Handlungsspielraum ab. Streng nach buchhalterischem Konzept, Soll an Haben, versuchte er sich seine Chancen auf einen möglichen Deal auszurechnen. Was wussten Sie schon, was würden sie sehr bald herausfinden? Mit Sicherheit würden sie in Kürze seine ganze Kanzlei auf den Kopf stellen, wenn sie es nicht schon längst getan hatten.

Plötzlich öffnete sich die Tür. Ein ihm unbekannter Mann stand breit im Türrahmen. Sein kantiges Gesicht und der kurze Bürstenhaarschnitt verliehen ihm etwas Militärisches. Sein Anzug saß makellos. Seine blauen Augen glichen denen eines Huskys.

»Herr Eddiks, mein Name ist Michael Stahl, bitte kommen Sie mit. Die Befragung hier ist zu Ende.«

***

»Unseren Zeugen sind wir erst mal los.« Der altgediente Kommissar sah in die Runde. »Sowas habe ich auch noch nicht erlebt.«

»Was ist denn hier los?«, fragte Jana Lewandowski. Sie war kürzlich von den drei Ermittlern angerufen worden, um sie eventuell bei der Befragung von Tammo Eddiks zu unterstützen. Hilflos hatten die vier mitanstehen müssen wie Tammo Eddiks von Stahl, einem Sonderermittler des Bundeskriminalamtes aus Wiesbaden, aus dem Verhörraum geführt und aus dem Gebäude gebracht wurde. Wohin blieb offen.

»Dieser Stahl scheint auf jeden Fall kein Freund von vielen Worten zu sein, ein ganz harter Hund. BKA eben«, antwortete Vollmers.

»Aber was will er in Oldenburg?«

»Ich denke mal laut. Was wenn es denen gar nicht um das organisierte Verbrechen an sich, sprich die Bandidos und die Hells Angels geht, sondern einzig und allein um den Killer?«, fragte die Psychologin. Drei Köpfe wandten sich gleichzeitig zu ihr um.

»Möglich«, antworte Vollmers. »Kein schlechter Ansatz. Wirklich kein schlechter Ansatz.« Nachdenklich strich er sich über die mit brauen Altersflecken übersäte die Glatze. Die anderen schwiegen. Es lag eine Spannung im Raum die man fast mit den Händen greifen konnte.

»Kannst du dich in den Rechner des BKA einloggen?«, fragte Werner Vollmers an Enno Melchert gerichtet.

»Einhacken wäre wohl der richtigere Begriff«, warf Anke Frerichs ein und zwinkerte ihrem Kollegen zu. Der grinste und nickte.

Vollmers fuhr fort: »Wie auch immer. Wir müssen wissen, was die wissen. Fest steht, der Todesbote ist hier in Oldenburg. Er hat mindestens noch einen Auftrag zu erledigen. Tammo Eddiks. Das ist, nach dem Auftritt von Stahl, Fakt.«

»Vielleicht können wir ja unseren Heimvorteil nutzen und dieses Schwein schnappen«, warf die Psychologin ein und zog fragend die Augenbrauen hoch.

»Stahl hat uns geraten die Füße still zu halten, der Typ wäre eine Nummer zu groß für uns«, gab Anke Frerichs zu bedenken. Der Hauptkommissar sah sie mit durchdringendem Blick an und schwieg einen Moment. Dann sagte er in ruhigem Ton: »Ich werde nicht mit einem zweiten ungelösten Fall in den Ruhestand gehen«, er spielte damit auf einen Mordfall an, den er vor vielen Jahren nicht hatte lösen können. Er wandte sich wieder an Enno Melchert: »Mach dich an die Arbeit und zaubere mir aus der Kiste«, er deutete auf den Monitor, »alles raus was du nur finden kannst. Ich will alles wissen, jedes noch so unbedeutende Teil.«

»Aye, aye, Sir«, salutierte der Ermittler. Ein breites Grinsen untermauerte, wie sehr er sich auf diese nicht ganz legale Aktion freute.

»Und was machen wir in der Zwischenzeit?«, fragte Anke Frerichs und deutete mit dem Zeigefinger auf sich und die Polizeipsychologin.

»Ihr klappert zusammen nochmal alle Clubs, Bordelle, Hotels und Swinger Clubs ab und sorgt etwas für Unruhe. Vielleicht können wir den Killer ja irgendwie aufscheuchen. Etwas Besseres fällt mir jetzt auch nicht ein.« Eine Pause folgte, während er nachdachte. »Fragt nochmal überall nach, vielleicht ist ja irgendjemand irgendwas Auffälliges untergekommen. Ein merkwürdiger Fremder. Oder jemand der sich irgendwie auffällig verhalten hat. Fangt in Nadorst an. Da scheinen alle Fäden zusammen zu laufen. Hotel Sprenz, das B&B-Hotel. Vergesst auch die kleineren Pensionen und Hostels nicht.«

Anke Frerichs und Jana Lewandowski schnappten sich ihre Jacken und machten sich auf den Weg, während Enno Melchert schon hinter seinem Computer verschwunden war. Lautes Tippen zeugte davon, dass er bereits voll bei der Sache war.

»Ich werde unterdessen ein paar Anrufe tätigen, ein paar alte Kontakte auffrischen und vielleicht ein paar Gefallen einfordern«, sagte Vollmers und verschwand in seinem Büro. Die Zwischentür fiel klappernd ins Schloss.

25

»Das glaube ich jetzt echt nicht. Diese Typen werden auch immer dreister.« Kopfschüttelnd stand Anke Frerichs zusammen mit Jana Lewandowski auf dem Bürgersteig vor der OLB Filiale in der Nadorster Straße und schaute durch die zerbrochene Scheibe in das Innere der Bank. Die Explosion hatte fast den gesamten Eingangsbereich in Schutt und Asche gelegt. Bis auf die Straße lagen Scherben, Kunststoffteile und sonstige Trümmerstücke.

Drei in weiße Overalls gehüllte Kollegen von der Spurensicherung versuchten der Lage Herr zu werden und eventuelle Hinweise auf die Täter zu finden, während zwei uniformierte Beamte dabei waren den Bereich abzusperren und die Schaulustigen fernzuhalten. Diverse grell leuchtende Scheinwerfer tauchten die Szenerie in ein diffuses Licht. Man hätte fast meinen können man befände sich auf einem Filmset zu Dreharbeiten von einem neuen Till Schweiger-Tatort. Die Kulisse stimmte zumindest und befriedigte jedes Klischee. Sogar einige Vertreter der örtlichen Presse waren bereits vor Ort, machten Fotos und interviewten Passanten und Anwohner.

Die beiden Polizistinnen hielten sich im Hintergrund. Sie waren zufällig vorbeigekommen und hier nicht zuständig. Dennoch waren Sie kurz angehalten und hatten sich über den Stand der Dinge informieren lassen. Eigentlich befanden Sie sich ja auf »Kneipentour«, wollten sich einfach mal ein bisschen in den einschlägigen Lokalitäten und Etablissements umhören, etwas auf den Busch klopfen und Präsenz zeigen. Die innenstadtnahen Hotels und Lokalitäten hatten sie bereits ergebnislos abgeklappert und arbeiteten sich nun stadtauswärts vor.

»Das ist mittlerweile der zweite Überfall dieser Art im Stadtgebiet«, sagte Anke Frerichs, während sie den Blick umherschweifen ließ. »Bisher hatten sich die Geldautomaten-Bomber immer im ländlichen Umland ausgetobt. Jetzt rücken die scheinbar auch in die Stadt vor. Die werden langsam übermütig.«

»Weißt du was mich wundert?« Jana Lewandowski blickte nachdenklich auf die Uhr, es war mittlerweile fast einundzwanzig Uhr dreißig. Die blonde Ermittlerin schüttelte den Kopf.

»Normalerweise schlagen diese Typen doch immer mitten in der Nacht, beziehungsweise in den frühen Morgenstunden zu, richtig? Wieso diesmal so früh? Wir haben Dienstagabend. Vor zwei Stunden herrschte hier noch verhältnismäßig reger Verkehr und ein gewisser Lauf.« Sie trat an die zerbrochene Fensterscheibe heran und unterzog sie einem prüfenden Blick. Irgendwas kam ihr seltsam vor. Irgendetwas passte hier nicht ins Bild.

»Gute Frage«, antworte Anke Frerichs. »Meiner Meinung nach gibt es zwei Möglichkeiten. Entweder werden diese Banden wirklich immer dreister oder ...«

»... oder«, unterbrach sie die Psychologin, »hinter der ganzen Sache steckt jemand anders. Jemand der ganz andere Ziele verfolgt, als eine Bank um ein paar tausend Euro zu erleichtern.«

Nachdenklich sah Anke Frerichs die Kollegin an und versuchte ihre Gedankengänge nachzuvollziehen. Sie rieb sich mit der Hand frustriert über Mund und Gesicht, in dem sich langsam die Anspannung der letzten Tage breitmachte. Der Vorfall mit Tammo Eddiks und Michael Stahl, das lediglich von einer kurzen Pause am Samstagvormittag unterbrochene, durchgemacht Wochenende, die stockenden Ermittlungen.

Außerdem machte sie sich Gedanken um ihren Kollegen Enno Melchert. Irgendwie war er zwar dabei, aber doch nicht richtig bei der Sache. Etwas schien an ihm zu nagen, beanspruchte seine Aufmerksamkeit. Immer wieder hatte er auf sein Smartphone geguckt, gerade so, als ob er eine dringende Nachricht erwarten würde, war des Öfteren aus dem Büro geschlichen, um heimlich zu telefonieren.

Etwas tat sich in der Bank. Ein ziemlich korpulenter Kollege kam aus dem Gebäude, Anke Frerichs kannte ihn vom Sehen. Es war ein Kollege von Torben Kuck. In seinem Overall erinnerte er die Kommissarin immer irgendwie an eine Presswurst.

Vor seinem ausladenden Bauch trug er eine metallene Kassette, die recht schwer zu sein schien. Schweißtropfen liefen ihm von der Stirn und zogen tiefe Bahnen in das staubige Gesicht. Sie stellte sich ihm in den Weg.

»Können Sie mir sagen, wie viel Geld die Räuber wahrscheinlich erbeutet haben?« Sie hielt ihm ihren Ausweis vor die Nase. Er guckte sie verwirrt an, das schwere Teil in den Armen, versuchte er an ihr vorbeizukommen.

»Kein Geld ... alles ... äh ... noch da.« Er stöhnte, während er mit hilfesuchendem Blick nach einem Ort suchte, wo er die gefühlt immer schwerer werdende Kiste abstellen könnte. »Hier drin«, presste er noch hervor, als Jana Lewandowski sie schließlich am Arm aus dem Weg zog. Ein dankbares Lächeln huschte über das Gesicht der Presswurst.

Keuchend setzte der Mann seinen Weg fort, doch kurz bevor er an dem rettenden Transporter der Spurensicherung angekommen war, ging ihm die Luft aus. Er stolperte, konnte die Geldkassette nicht mehr halten. Mit einem dumpfen Geräusch schlug sie auf dem Gehsteig auf, und der Aufprall führte das zu Ende, was die Explosion nicht geschafft hatte. Eine Ecke platzte auf und gab den Blick ins Innere frei. Blaue, grüne und braune Banknoten kamen zum Vorschein.

Provokativ zog Jana Lewandowski die linke Augenbraue nach oben und sah ihre Kollegin triumphierend an. Anke Frerichs zuckte mit den Schultern, dann zog etwas anderes ihre Aufmerksamkeit auf sich.

»Ach, sieh mal einer an. Wen haben wir denn da?« Sie deutete auf zwei Frauen, die ein Stück weiter die Straße hinunter gerade ein Tattoostudio verließen und auf ein Mini Cabrio zusteuerten.

»Na, wenn das nicht interessant ist. Was machen die denn hier?«, fragte die Kommissarin ohne jedoch wirklich eine Antwort zu erwarten und machte sich bereits auf den Weg in Richtung der beiden Frauen. Doch die Polizeipsychologin hielt sie am Ärmel zurück: »Das schaffen wir nicht mehr. Vielleicht haben wir ja Glück, und die kommen hier vorbei. Rastede liegt ja in diese Richtung«, sie deutete mit dem Daumen über ihre Schulter. Nur wenig später fuhr der Mini tatsächlich an den beiden Ermittlerinnen vorbei. Im Schein der Blaulichter konnten sie einen kurzen Blick ins Innere des kleinen Viersitzers werfen. Verwundert blickten sich die beiden an, nachdem das Fahrzeug sie passiert hatte.

»Hast du gesehen, was ich gesehen habe?«, fragte Anke Frerichs ihre Kollegin mit hochgezogenen Augenbrauen und verblüfftem Gesichtsausdruck. Die nickte nur stumm, dann verzog sich ihr Mund langsam zu einem irritierten Lächeln.

26

24 Stunden später. Horst Krüger vom Sondereinsatzkommando und seine Männer hatten die seit neuestem als Vereinsheim genutzte Lagerhalle des Rockerclubs Red Devils weiträumig umstellt. Im Dunkeln verborgen warteten sie auf ihren Einsatzbefehl. Es herrschte eine bedrückende Stille, nur gelegentlich lugte der Mond hinter ein paar über den Himmel ziehenden Wolkengebirgen hervor.

Werner Vollmers rieb seine Hände aneinander, seine Bemühungen mit dem ZKI ins Gespräch zu kommen, hatten zumindest zum Teil gefruchtete. Man hatte sie eingeladen, bei einer geplanten Razzia bei den Red Devils mit dabei zu sein. Nicht mehr als ein paar kümmerliche Brotkrumen, aber besser als nichts.

War es am Tag noch relativ warm gewesen, lag die Temperatur nun bereits knapp im einstelligen Bereich. Vollmers und Anke Frerichs hatten sich unweit des massiven Rolltors platziert, das Besuchern signalisieren sollte, dass sie hier unerwünscht waren und beobachteten das Geschehen aus sicherer Entfernung. Mehrere Schilder, an dem das Grundstück einfassenden, meterhohen Zaun, mit der Aufschrift: *Zutritt verboten!* und *Betreten auf eigene Gefahr!* unterstrichen den Wunsch hier unter sich zu bleiben. Darunter verdeutlichte der Schriftzug ›Red Devils Motorcycle Club Oldenburg – North West County‹ wer hier das Sagen hatte. Die ›roten Teufel‹ – galten in der Szene als Unterstützer der Hells Angels – und sogenannte 1%er, sie verstanden sich selber als Outlaws, Gesetzlose, die nur ihren eigenen Gesetzen unterlagen und ausschließlich den Richtlinien ihrer Gemeinschaft verpflichtet waren.

Warum die Red Devils ihr Clubheim erst kürzlich aus Oldenburg in die Gemeinde Hatten verlegt hatten, war den ermittelnden Behörden ein Rätsel. Möglicherweise hatte es mit der Ansiedelung eines weiteren Motorradclubs, dem Gremium MC in Wardenburg zu tun. Oldenburg entwickelte sich still und leise zu einer Rockerhochburg. Wenn dem jetzt nicht Einhalt geboten werden würde, war ein Rockerkrieg vorprogrammiert, und dann würde es hässlich werden. Städte wie Hamburg, Düsseldorf oder Köln hatten das leidvoll erfahren müssen.

Bisher hatten sich die Gemeinden hinter Bauvorschriften und Nutzungsbedingungen versteckt. Die Aktion in der heutigen Nacht war eine der ersten, mit der die Staatsmacht auch auf eine andere Art und Weise Flagge zeigen wollte. Im Gegensatz zu der Hausdurchsuchung bei den Bandidos, wollten Vollmers und seine Kollegen wenigsten hier dabei sein. Insgeheim hofften sie auf einen Glückstreffer, oder zumindest ein paar neue Erkenntnisse in ihrem ins Stocken geratenen Fall.

»Wo bleibt Enno eigentlich?«

Anke Frerichs zuckte mit den Schultern. »Keine Ahnung. Bei seiner neuen Flamme?«

Der Kommissar sah sie verwundert an. »Enno hat eine Freundin?«

»Ist nur so eine Vermutung. Nichts Genaues weiß man nicht.« Sie zwinkerte ihrem Kollegen zu. »Weibliche Intuition.«

Vollmers schüttelte den Kopf und zog seine Zigaretten hervor. Im Hintergrund rückten die Einsatzkräfte des Sondereinsatzkommandos langsam in Richtung Grundstück vor. Schwarze Gestalten in der Nacht, mit Schnellfeuergewehren im Anschlag, auf alles vorbereitet, die Nerven zum Zerreißen gespannt.

Dann zerriss plötzlich ein Knall die Nacht. Rauchschwaden zogen über das Grundstück des Rockerclubs. Die Türen der Baracke wurden aufgestoßen und die Hölle brach los.

***

Etwa zur gleichen Zeit. Enno Melchert wusste nicht wo er mit seinen Gefühlen hin sollte. Seit über drei, fast vier Tagen hatte er nichts mehr von seiner Freundin gehört. Langsam fing er an sich Sorgen zu machen. Auf seine SMS hatte sie nicht reagiert, seine Anrufe wurden nur von einer anderen Frauenstimme beantwortet: *Die gewählte Nummer ist vorübergehend nicht erreichbar.* Frustriert legte er das Handy weg. Wo konnte sie nur sein?

Auf einmal fiel ihm auf, wie wenig er eigentlich überhaupt über sie wusste.

Nun stand er mit einem mulmigen Gefühl in der Magengegend vor der Adresse, die ihm der alte Mann genannt hatte. Ein unbestimmtes Gefühl hatte ihn hierhergeführt. Er blickte auf die

Uhr. Eigentlich hätte er jetzt bei einem Einsatz in Hatten sein müssen, doch er musste herausfinden, ob die Janina des alten Mannes nicht eventuell seine Janina war. Es war mehr als eine Ahnung. Die Personenbeschreibung passte. Er musste Gewissheit haben.

Er hatte Fred Stührenberg nichts von dem plötzlich in ihm aufkeimenden Verdacht verraten, ihn beruhigt und ihn wieder nach Hause geschickt. Nicht jedoch, ohne sich vorher die Adresse zu notieren. Nun stand er vor dem Haus. Auf den ersten Blick wirkte die Wohnung von Janina Jablonski leer und verlassen. Lediglich ein leises Flackern, hinter einer der Fensterscheiben im obersten Geschoss, deutete auf die Anwesenheit einer Person hin.

Enno Melchert straffte die Schultern, trat aus dem Schatten einer alten Eiche hervor in das schwache Licht einer Straßenlaterne, überquerte die Straße und betrat den Hauseingang. Die alte Holztür zum Flur stellte für ihn kein ernstzunehmendes Hindernis dar. Nach wenigen Minuten hatte er sich Zutritt verschafft und schlich nun, sorgsam darauf bedacht die knarrenden Stellen zu umschiffen, das Treppenhaus hinauf. Zur Sicherheit hatte er seine Waffe gezückt, hielt sie jedoch nur locker in der Hand. In der anderen sorgte seine gedimmte Taschenlampe für gerade genügend Licht. Auf dem zweiten Treppenabsatz hielt er kurz inne und lauschte. Nichts.

Vor etwa einer halben Stunde hatte ihn Fred Stührenberg aufgeregt auf seinem Handy angerufen. Der alte Mann meinte Geräusche aus der

Wohnung der vermissten Mieterin gehört zu haben. Der Ermittler hatte sofort alles stehen und liegen lassen und sich sofort auf den Weg gemacht. Mit deutlich überhöhtem Tempo und unter Missachtung diverser anderer Verkehrsregeln, war er keine zehn Minuten später vor dem Haus in der Rankenstraße angekommen. Er hatte seinen Wagen abgestellt und sich zunächst im Halbdunkel auf die Lauer gelegt und das unbewohnt wirkende Haus beobachtet.

Ein leises Poltern riss ihn aus seinen Gedanken. Über ihm hatte sich irgendwas getan. Irgendwer war da oben in der Wohnung. Schweißtropfen begannen sich auf seiner Stirn zu bilden. Adrenalin pumpte durch seine Adern. Für einen Sekundenbruchteil fühlte er sich in das enge Treppenhaus der Lambertikirche zurückversetzt, in dem er vor einigen Monaten die Leiche von Gerd Wanger gefunden und beinahe den Küster erschossen hatte. Er schloss kurz die Augen, versuchte so seinen Atem zu regulieren und sich etwas zu beruhigen. Wäre es ein normaler Einsatz gewesen, hätte er schon längst Verstärkung angefordert, doch diesmal lag die Sache anders. Es ging um Janina Jablonski. Seine Janina?!

Das Handy vibrierte in seiner Jackentasche. Er schrak zusammen. Gott sei Dank hatte er es auf lautlos gestellt. Die Taschenlampe zwischen den Zähnen, fingerte er es aus der Tasche hervor und las die SMS auf dem im trüben Dunkel des Treppenhauses erstrahlenden Display seines Smartphones:

»Enno, verdammt nochmal! Wo bleibst du?«

Er ignoriert seine Kollegin und steckte das Telefon wieder zurück. Er hatte jetzt wichtigeres zu tun.

Vorsichtig schlich er weiter. Sekunden später stand er vor der Tür zur Wohnung von Janina Jablonski. Die Tür war nur angelehnt. Mit dem Lauf seiner Waffe drückte er vorsichtig gegen das unzählige Male überstrichene weiße Holz. Ohne ein Geräusch zu verursachen schwang sie auf. Er linste in den Flur. Dunkel lag er vor ihm. Nur aus einem kleinen Spalt am Ende des schmalen Ganges fiel etwas Licht hinein. Das Badezimmer. Er drückte die Tür noch etwas weiter auf, entsicherte dabei seine Waffe und schlüpfte durch die Öffnung hinein in die Wohnung. Plötzlich. Ein Flashback. Für einen Sekundenbruchteil tauchte das verzerrte Gesicht von Jörg Wagenfeld vor seinem inneren Auge auf. Enno schüttelte sich. Der Schweiß lief ihm mittlerweile in Strömen von der Stirn. Für einen winzigen Moment, drohte ihn Panik zu überwältigen. Mit angehaltenem Atem kniff er die Augenlieder zusammen und versuchte, sich wieder in den Griff zu bekommen. Ein Klappern riss ihn zurück in die Wirklichkeit. Der Türspalt verbreiterte sich, eine Person trat hinaus und verschwand mit zwei schnellen Schritten im gegenüberliegenden Zimmer, dem Schlafzimmer. Geräusche von aufgezogenen Schubladen und sich öffnenden und wieder schließenden Schranktüren folgten. Die Person suchte eindeutig irgendetwas.

Ohne einen Laut zu verursachen schlüpfte er durch die Tür, machte zwei, drei schnelle Schritte, presste sich hinter der Garderobe, die voller Jacken und Mäntel hing, an die Wand und versuchte einen Blick in das Schlafzimmer und die sich darin befindende Person zu erhaschen.

Wer könnte das sein – und was hatte er mit dem Verschwinden seiner Freundin zu tun? Enno hielt kurz inne, atmet flach, sorgsam darauf Bedacht bloß kein Geräusch zu verursachen. Etwas irritierte ihn. Ein vertrauter Geruch lag in der Luft. Wie konnte das sein? Er zögerte, war verwirrt. Dann gab er sich einen Ruck. Bestimmt trat er einen Schritt vor. Das Licht der geöffneten Badezimmertür im Rücken, stand er mitten im Türrahmen, zu voller Größe aufgebaut und sagte mit fester Stimme in das Halbdunkel: »Janina? Bist du das?«

Die Gestalt fuhr herum und starrte ihn erschrocken und verängstigt an, eine Hand zum Schlag oder zur Abwehr eines Angriffs erhoben. Enno Melchert blickte in ein über und über mit blauen Flecken übersätes Gesicht. Das Gesicht seiner Freundin.

***

Etwa eine Stunde später saßen Enno Melchert und Janina Jablonski schweigend nebeneinander auf ihrem Bett. Der Kommissar hatte seinen Arm um die zierliche Frau gelegt und streichelte zärtlich mit dem Daumen seiner linken Hand über ihren Handrücken und das von den Fesseln noch immer angeschwollene Handgelenk.

Mit tränenerstickter Stimme hatte sie ihm erzählt, was ihr den letzten Tagen und Stunden schreckliches widerfahren war. Von den Schlägen, ihrer Angst die nächsten Stunden nicht zu überleben, den Vergewaltigungen und den immer wiederkehrenden Demütigungen, bis hin zu der Tätowierung, die nun ihren Nacken zierte.

Während ihrer Schilderungen war Enno mehrfach aufgesprungen und hilflos und voller ungebändigter Wut im Raum auf und ab gelaufen. Die grausamen Details ihrer Leidensgeschichte ließen ihn schier wahnsinnig werden. Natürlich hatte er während seiner polizeilichen Laufbahn oder der Arbeit als Journalist schon viele ähnliche Geschichten gehört, doch nun war er unmittelbar selber betroffen. Das war etwas komplett Anderes. Vor ihm saß keine weitere Story oder ein neuer Fall. Vor ihm saß die Frau, die er ... liebte? Ein unerklärlicher Wirbelsturm der Gefühle fegte durch seine Eingeweide.

»Du musst unbedingt mit mir aufs Revier kommen und dich untersuchen lassen.«

»Zu spät. Ihr werdet keine Spuren mehr finden«, antwortete sie mit nüchtern klingender Stimme. Erst jetzt fielen ihm ihre feuchten, zu einem Pferdeschwanz zusammengebundenen Haare auf.

»Ich kann dich beschützen!«, rief er.

Zur Antwort schüttelte sie nur langsam den Kopf. »Du kannst gar nichts tun«, sagte sie leise, mit einem Unterton von abschließender Resignation in der Stimme, die Arme fröstelnd um die Schultern geschlungen. »Vor diesen Typen kann mich niemand beschützen – auch du nicht.«

Er ließ den Kopf hängen und setzte sich wie ein angeschlagener Boxer auf ihr Bett. Dann: Trotzig bäumte sich etwas in ihm auf, wollte sich nicht geschlagen geben. Wütend schlug er so fest mit der Faust auf den Nachttisch, dass die kleine Lampe, die lediglich etwas schummriges Licht spendete, beinahe heruntergekippt wäre. Mit einer raschen Handbewegung fing er sie auf und stellte sie wieder an ihren Platz. Er wollte etwas sagen, doch Janina hatte ihm bereits den Rücken zugekehrt und begonnen in einem Schrank nach etwas zu suchen. Unterbewusst spürte er was kommen würde, doch sein Verstand weigerte sich noch, das Unabwendbare zu akzeptieren. Unstet wanderte sein Blick Im Raum hin und her, bis er schließlich auf eine dunkelblaue Sporttasche fiel, die auf einem Schminktisch in der Ecke lag. Ein Stapel Kleidungsstücke lag, wie zur Abreise bereit, daneben. Mehrere Bündel mit Geldscheinen ließen seine Befürchtung zu Gewissheit werden.

»Du willst doch nicht ...?«

Sie nickte. Tränen schossen ihm in die Augen und trübten die Sicht. Janina kam zu ihm herüber, zog ihn zu sich heran, streichelte ihm gefühlvoll über den Kopf und ließ sein Haar langsam durch ihre Finger gleiten. Auch sie weinte. Doch in ihren Augen zeigten sich keine Tränen. Der Fluss war versiegt. Sie weinte still. In dieser Umarmung verbrachten sie ihre letzten gemeinsamen Minuten, das war Enno mittlerweile klargeworden. Er würde sie nicht aufhalten können. Für sie war es Zeit weiterzuziehen. Wieder einmal.

»Ich werde dich zum Bahnhof fahren«, sagte er schließlich, ohne ihr dabei in die Augen zu blicken, nachdem er sich etwas beruhigt und aus ihrem Griff gelöst hatte.

Wieder nickte sie nur schweigend, jedoch mit einem scheuen Lächeln auf den Lippen, zum Zeichen, dass sie sein Angebot annahm und ging hinüber zu ihrem Schminktisch, um ihre Tasche fertig zu packen.

27

Die Nordwest-Zeitung berichtet:

Razzia gegen Rocker-Club in Wardenburg – erfolgreich?!

Gestern in den Abendstunden führte die Oldenburger Polizei eine weitere Razzia gegen einen, hier angesiedelten Motorrad Club durch. Richteten sich die Aktivitäten ZKI gegen das organisierte Verbrechen beim letzten Mal gegen das Vereinsheim der Bandidos in der Alexander Straße, nahm man nun die Red Devils aufs Korn. Genaue Informationen über den Erfolg der Aktion sind noch nicht bekannt, durchgesickert ist aber, dass diverse Waffen und eine nicht unwesentliche Menge unterschiedlichster Drogen sichergestellt werden konnten.

Ein kurzer Kommentar des Chefredakteurs der Nordwest-Zeitung ergänzte den Bericht:

Neben dem, zugegeben netten Fahndungserfolg, dürfte es sich bei den beiden Aktionen jedoch eher um ein Politikum handeln. Die Polizei musste und wollte zeigen, dass sie noch Herr der Lage ist und ein Zeichen setzen. Inwieweit der Plan aufgehen wird ist fraglich, denn die Ermittlungen um die beiden hingerichteten Oldenburger Bürger verlaufen mehr als schleppend.

Vollmers legte die Zeitung beiseite und wunderte sich im Stillen über den doch recht kurzen und unnatürlich zahm geratenen Kommentar von

Herbert Eggers. Der Kommissar hatte den Chefredakteur der Nordwest-Zeitung schon ganz anders erlebt. Im Verhältnis zu seinen sonstigen Artikeln war dieser geradezu als nett zu bezeichnen. Er trank einen Schluck Kaffee. Ob ihm jemand die Flügel gestutzt hatte? Hätte er drauf wetten müssen, hätte er drauf gesetzt.

Er packte seine Sachen zusammen, es war Zeit ins Büro zu fahren und mit seinem jüngsten Schützling ein ernstes Wort zu reden. Er hatte sich gestern nicht mehr gemeldet, Ankes SMS und seine Anrufe ignoriert. Ein unmögliches Verhalten, dass Vollmers ihm nicht würde durchgehen lassen. Außerdem mussten sie in Sachen Todesbote Gas geben. Die Telefonate und Gespräche mit der ZKI hatten keine brauchbaren Hinweise geliefert. Ob die mauerten oder wirklich nichts Brauchbares hatten, wusste er nicht mit Gewissheit zu sagen, aber sein Bauch sagte ihm, dass die Kollegen möglicherweise nicht mit ganz offenen Karten spielten. Warum auch immer. Die Razzia war für die Ermittlungen der drei Kommissare wenig ertragreich gewesen. Es wirkte mehr wie ein schlecht inszeniertes Showevent, denn als Zusammenarbeit auf Augenhöhe. Wie auch immer, sie hatten ihre Arbeit zu machen, Ergebnisse zu liefern und den Mörder von Timo Jürgens und Gerd Hennings zu finden, bevor es weitere Opfer gab. Und dabei durften sie sich von nichts ablenken lassen.

***

»Das glaube ich jetzt nicht.« Vollmers hochroter Kopf war kurz vor dem Platzen. Wutentbrannt feuerte er seinen Schlapphut in die Ecke. Enno Melcherts Blick ging schuldbewusst auf den Boden und fixierte eine Teppichnaht.

»Ich rette dir den Arsch und riskiere Kopf und Kragen damit du deinen Job behältst – und du baust jetzt so eine Scheiße?« So außer sich hatte der junge Ermittler seinen Chef selten erlebt.

Das darf doch nicht wahr sein. Nicht genug, dass du ein Verhältnis mit einer Prostituierten eingehst, alleine das macht dich schon angreifbar und könnte dich deinen Job kosten, nein, die Dame ist möglicherweise auch noch in unseren Fall verwickelt. Hast du dich vielleicht mal gefragt von wem sie das Tattoo verpasst bekommen haben könnte?« Wie ein Derwisch wütete Vollmers durchs Zimmer. Zum Glück war Anke Frerichs noch nicht da, so blieb das Geständnis des ehemaligen Journalisten unter den beiden. Ein weiteres Geheimnis, das besser nicht an die Öffentlichkeit gelangte.

»Ich wollte doch nur ... ich dachte ... kein Datum ... Symbol ...«, versuchte Enno Melchert eine Erklärung.

»Ich wollte doch nur, ... ich wollte doch nur ... ich dachte ... bla bla bla ...« Vollmers wedelte mit den Händen vor dem Gesicht des Leeraners herum. Sein ausgestreckter Zeigefinger berührte fast dessen Nase.

»Einen Scheiß wolltest du! Du hast mit deinem Schwanz gedacht. Sonst nichts.« Er griff sich seine Zigaretten vom Schreibtisch und stürmte ans Fenster. Beim Versuch es zu öffnen fegte er zuerst den *Jinglebells* singenden Elch und dann den Kaktus von der Fensterbank. Ennos Blick wanderte instinktiv zu dem an der Decke montierten Rauchmelder.

»Wag es nicht, mich zu Maßregeln, Freundchen!«, rief Vollmers, dem es schließlich gelungen war, das Fenster zu öffnen. Das klirren seines Dupont-Feuerzeuges signalisierte, dass er es endlich geschafft hatte sich eine anzuzünden. Mit sich hebenden und senkenden Schultern stand er nun da und blies den Rauch aus dem Fenster. Nur sehr langsam beruhigte er sich wieder. Minuten verstrichen.

Nachdenklich blickte der Kommissar auf die Glut seiner Zigarette. Mein Gott, was ging bloß in dem Jungen vor? Er war so ein guter Ermittler, aber wenn er so weitermachte, würde er sich alles kaputt machen. In knapp zwei Monaten würde er ihn nicht mehr beschützen können.

Von hinten trat Enno Melchert leise neben ihn und lehnte sich ohne ein Wort zu sagen, mit den Ellenbogen auf die Fensterbank gestützt aus dem Fenster. Tränen rannen ihm aus den Augenwinkeln. Er vermisste Janina. Schweigend starrten die beiden Ermittler in die Ferne. Die Uhr der Heilung begann zu ticken, sie würde auch diese Wunde heilen. Aber es würde dauern.

Vollmers schnippte die mittlerweile ausgeglühte Kippe hinab in die Tiefe und sah ihr zu, wie sie in Richtung Erde trudelte. *Mein Gott, hoffentlich geht das hier nicht noch alles fürchterlich schief*, dachte er, als die Zigarette in einem Gebüsch verschwand.

Dann wandte er sich zu Enno und legte dem jungen Kommissar schweigend einen Arm um die Schulter.

28

Zwei Stunden später. Keine zehn Minuten nach dem Anruf von Elena Braun, hatten sich Werner Vollmers, Anke Frerichs und Enno Melchert gemeinsam im Rechtsmedizinischen Institut eingefunden. Dr. Braun hatte extra darum gebeten, dass der Hauptkommissar mit seinem kompletten Team erscheinen sollte. Irena Barkemeyer und Jana Lewandowski, die zum Zeitpunkt des Anrufs ebenfalls im Büro zugegen war, waren ebenfalls anwesend.

Nach einer knappen Begrüßung, kam die korpulente Medizinerin ohne Umschweife zur Sache:

»Eines steht auf jeden Fall fest. Hier ist ein Profi am Werk gewesen. Der Killer muss ganz nah an den beiden Opfern dran gewesen sein. Beide wurden vorher betäubt. Wir reden in beiden Fällen von einem sogenannten aufgesetzten Schuss. Darauf deuten Pulverspuren und die vom Lauf herrührenden Verbrennungen hin. Die Waffe wurde ihnen direkt an den Kopf gehalten. Dann wurde abgedrückt.« Ihre nüchternen Schilderungen erinnerten Enno an seine Vorlesung an der Universität.

»Das wissen wir doch bereits«, warf Vollmers ein, er konnte seine Ungeduld kaum noch im Zaum halten.

»Natürlich.« Sie räusperte sich. »Das ist selbstverständlich nicht der Grund, warum ich euch alle hergerufen habe. Wir haben etwas viel Interessanteres!« Elena Braun schloss die Akte. Sie blickte auf, nahm ihre Brille von der Nase und schaute schweigend in die erwartungsfrohen Gesichter der Ermittler. Die Spannung im Raum war förmlich zu greifen.

»Nämlich?«, fragte Anke Frerichs, nachdem sich eine halbe Minute des Schweigens zu einer kleinen Unendlichkeit gedehnt hatte.

»Nun spann uns nicht länger auf die Folter, Elena«, kürzte Vollmers die Sache ab. Langsam wurde er ungehalten. Die Rechtsmedizinerin zwinkerte ihm zu.

»Also gut, ich will mal nicht so sein.« Die Brille wanderte wieder auf ihre Nase. »Ich habe wichtige Informationen bezüglich der in den Opfern sichergestellten Projektile für euch. Die Analyse der KT 21 ist da.« Erneut öffnete sie die Akte in ihrer Hand und wollte gerade mit ihrem Vortrag fortfahren, da unterbrach sie die Psychologin: »Bitte entschuldigen Sie. KT 21? Was ist damit gemeint?«

»KT 21, das ist eine besondere Abteilung des BKA in Wiesbaden. Da sitzen die Spezialisten für Schusswaffen«, ergriff Irena Barkemeyer das Wort.

»Die sitzen dort in einem richtigen Hochsicherheitstrakt, mit Stacheldrahtzäunen, Videoüberwachung und natürlich äußerst scharfen Kontrollen. Manche der Räume sind nur mit einem Zugangscode zugänglich«, fuhr Enno Melchert fort. »Die 37 Mitarbeiter dort haben einen echt coolen Job. Sie müssen herausfinden, mit welcher Waffe, also welchem Waffentyp, ein Verbrechen verübt wurde, und wie der Täter vorging. Oft liefern die Jungs und Mädels entscheidende Hinweise auf den oder die Täter.«

Irena Barkemeyer verdrehte die Augen, dann ergänzte sie: »Stellt die Polizei irgendwo in Deutschland eine Waffe, Patronenhülsen oder irgendwelche Projektile sicher, schickt man sie zur Analyse nach Wiesbaden in die KT 21.«

»Auf abgefeuerter Munition, den Projektilen, bleiben meistens charakteristische Mikrospuren, wie Schrammen oder Kerben zurück. Diese Merkmale gleichen die Spezialisten mit einer sogenannten Zentralen Tatmunitionssammlung ab. Die beheimatet sämtliche Munitionsteile, die die Polizei an Tatorten gefunden und nach Wiesbaden geschickt hat. Derzeit liegen dort circa 4200 Hülsen und 1700 Geschosse«, schloss Enno Melchert den gemeinsamen Vortrag ab und zwinkerte Irena Barkemeyer zu.

»Das dürfte dann soweit klar sein, oder Frau Lewandowski?«, fragte Vollmers. Die Polizeipsychologin wurde rot und nickte dann stumm.

»Gut«, Vollmers nickte zufrieden. Dann wandte er sich wieder an Elena Braun. »Was hast du nun so interessantes für uns? Schieß los!« Die Rechtsmedizinerin nahm die Akte wieder zur Hand und setzte nahtlos an den Vortrag ihrer Mitarbeiterin an: »Noch etwas Grundlegendes vorab: Bei der KT 21 wird jedes Projektil erst mal gescannt und die hochaufgelösten Bilder in einer Datenbank gespeichert. Kommt nun neue Munition hinzu, sucht der Computer automatisch nach irgendwelchen Übereinstimmungen. Hat man einen Treffer, erfolgt der Feinabgleich unter dem Mikroskop. So ist es im Idealfall möglich, dass Tatmunition und Schusswaffe zusammengeführt werden.«

Im Stillen waren Enno Melchert und Werner Vollmers froh, dass dieser Abgleich im Zusammenhang mit dem Todesfall des flüchtigen Jörg Wagenfeld, dem Eindringling und Attentäter, nicht stattgefunden hatte. Dann wäre es für die beiden Kommissare unter Umständen eng geworden.

»Frau Braun, was haben sie denn nun für uns?«, drängte Anke Frerichs, sie konnte die Spannung kaum noch aushalten und war gelangweilt von den bekannten und für den Fall irrelevanten Tatsachen. Sie waren hier ja schließlich nicht bei einer Ausbildungsveranstaltung.

***

»Was? Das darf doch wohl nicht wahr sein!« Anke Frerichs sprang vom Seziertisch, auf dem sie bis vor wenigen Sekunden noch gesessen hatte, lief wutentbrannt auf Elena Braun zu und blieb nur wenige Zentimeter vor ihr stehen. Am liebsten hätte sie ihr die Akte aus der der Hand gerissen, um noch einmal schwarz auf weiß nachzulesen, was sie soeben gehört hatte. Die Rechtsmedizinerin hingegen blieb gelassen, wusste sie doch, dass der Wutausbruch nicht ihr galt.

Vorsichtig trat Werner Vollmers an ihre Seite und zog sie behutsam am Ellenbogen aus der Situation. »Beruhig dich Anke. Lass uns erst mal den Rest der Geschichte anhören. Setz dich einfach wieder.«

Die Kommissarin, nun selbst über ihre Überreaktion verwundert, ging zurück zu dem Edelstahltisch. Lehnte sich aber diesmal nur an. Sie brauchte jetzt eine gewisse Bodenhaftung. Jana Lewandowski ergriff das Wort: »Habe ich das richtig verstanden, die Projektile von Timo Jürgens und Gerd Hennings waren nicht identisch, beziehungsweise wurden definitiv nicht aus derselben Waffe abgefeuert?« Elena Braun und Irena Barkemeyer nickten nahezu synchron.

»Was nun hinzukommt, ist, dass eine bzw. mehrere Übereinstimmungen aufgetaucht sind.«

»Und die wären?«

»Das Projektil, was bei der Hausdurchsuchung bei den Bandidos aus der Wand gezogen wurde?«, fragte Enno Melchert.

»Richtig«, bestätigte Braun.

»Okay. Soweit so gut. Aber wo ist jetzt bitte das Problem?« Mit erhobenen Armen blickte sie fragend in die Runde.

»Wo das Problem ist?«, fauchte Anke Frerichs die Psychologin an. Sie war schon wieder auf hundertachtzig.

»Das bedeutet, dass uns die Jungs von der ZK1 definitiv etwas verschweigen«, sagte Werner Vollmers in leisem Ton, bevor Anke etwas sagen konnte. Den erneuten Wutausbruch seiner Kollegin ignorierte er diesmal.

Langsam schwante Jana Lewandowski die Tragweite des eben gehörten. Nachdenklich sah sie in die Runde.

Elena Braun fuhr fort: »Die werden das gefundene Projektile, genau wie wir, ebenfalls nach Wiesbaden geschickt haben. Das ist an sich erst mal nicht ungewöhnlich und ein völlig normaler

Vorgang. Was mich allerdings etwas verwundert ist, dass sie euch über das Ergebnis nicht informiert haben.«

»Denen muss doch klar gewesen sein, das andersrum wir auch die Informationen bekommen würden, die sie bekommen haben«, sagte Anke Frerichs und zog die Stirn in Falten.

»Nicht unbedingt.« Elena Braun nahm einen Zettel aus der Akte, drehte ihn und hielt ihn gut sichtbar für die Ermittler in die Höhe. »Dieses Memo war wohl ursprünglich nicht für unsere Unterlagen bestimmt.« Enno Melchert trat einen Schritt vor und studierte den Inhalt des Dokuments. Es verfügte über eine besondere Sicherheitsklassifizierung.

»Das BKA?«, warf Anke Frerichs ein, was alle dachten. Vollmers zuckte mit den Schultern.

»Das ist ja der Hammer. Sowas habe ich bisher noch nie gesehen. Ich habe nur davon gehört«, murmelte Enno begeistert, fast wie ein kleiner Junge, dem man sein lange erwartetes Weihnachtsgeschenk präsentierte. Vollmers gesellte sich zu ihm und starrte wenig verzückt auf das Schriftstück. Er war ganz und gar nicht begeistert. Er ahnte bereits, dass sie da einer ganz großen Sache auf der Spur waren. Dieses Schriftstück bedeutete Ärger, richtig Ärger.

»Ich werde mich auf jeden Fall nochmal im System umsehen. Mal gucken, ob ich dem anhand dieser Informationen«, er winkte mit dem Zettel, »nicht etwas entlocken kann. Da geht bestimmt was.« Er zwinkerte Anke Frerichs zu. Die verdrehte genervt die Augen.

Enno Melchert kannte sich mit der internen Softwarestruktur wohl besser aus, als alle anderen. Mehr als einmal hatte er sich schon am Programmcode zu schaffen gemacht, hatte kleine Verbesserungen vorgenommen oder Kollegen irgendwelche Sonderwünsche erfüllt. Da die Änderungen in der Regel eine deutliche Verbesserung darstellten, ließ man ihn stillschweigend gewähren. Und, sollte er tatsächlich einmal nicht weiterkommen, waren da ja immer noch seine Kollegen in der Bloherfelder Straße, zu denen er, seit seiner Ausbildung, noch immer einen sehr guten Kontakt pflegte.

»Tu das«, sagte Werner Vollmers. »Es ist wichtig, dass wir die Zusammenhänge besser verstehen. Dazu müssen wir aber erst herausbekommen was uns die Kollegen verschweigen. Fahrt ihr schon mal vor ins Präsidium, ich komme dann gleich nach.« Ihm war immer noch anzusehen, dass er innerlich kochte, aber versuchte sich zusammenzureißen.

Kaum das Enno Melchert, Anke Frerichs und Jana Lewandowski die Leichenhalle verlassen hatten, fingerte er auch schon in der Innentasche seines Cord-Sakkos herum und zog eine Boston hervor. Dann öffnete er eine Tür, die in den Hof führte und trat hinaus. Elena Braun reichte ihrer Kollegin die Akte, bedeutete ihr zu gehen und folgte dann dem Kommissar nach draußen, der sich bereits seine Zigarette angezündet hatte und den graublauen Rauch tief in seine Lungen sog.

Schweigend standen sie einen Moment zusammen in der untergehenden Sonne. Die ersten

Schatten fielen in den Innenhof. Elena Braun fröstelte. Sobald der wärmende Himmelskörper verschwunden war, merkte man, dass es eigentlich schon Herbst war. Nur ihr Strahlen und der, in den letzten Wochen nicht selten wolkenlose Himmel, versuchten noch darüber hinwegzutäuschen.

»Wie geht es dir?«, fragte sie schließlich. Sie konnte das Schweigen nicht mehr aushalten.

»Muss ja«, antwortete er und nahm einen tiefen Zug. Elena Braun beobachtete das Mienenspiel ihres Kollegen. Im Moment wirkte er wie der kürzlich verstorbene Altbundeskanzler Helmut Schmidt, wenn er bei Sandra Maischberger zum Interview zu Gast war und über eine Antwort nachdachte.

»Es ist wirklich nicht leicht. Meine Schwester, sie fehlt mir sehr!«

»Das kann ich mir gut vorstellen. Als mein Mann damals gestorben ist, ging es mir sehr lange genauso.« Elena Braun hielt kurz inne und blickte einer Dohle hinterher, die von einem Hausdach zum nächsten sprang und in den Dachrinnen nach etwas Nützlichem oder Essbarem suchte. Dann wandte sie sich wieder dem Kommissar zu. »Genaugenommen fehlt er mir auch heute noch jeden Tag.«

»Es wird nicht vorbeigehen?!« Vollmers warf seine Zigarette auf den Boden und trat sie mit dem Absatz aus. Sein Blick suchte den der Rechtsmedizinerin.

»Nein, das wird es nicht. Aber es wird etwas leichter werden, langsam etwas verblassen und etwas weniger wehtun, aber vorbeigehen wird es nicht ...«

29

»Und Enno, hast du was erreicht?«, fragte Anke Frerichs, während sie ihre Jacke über den Stuhl hängte und sich dann unter den Tisch bückte, um ihren Rechner einzuschalten. Es war halb Sechs in der Früh. Werner Vollmers war noch nicht wieder da.

Der Fall hatte die Kommissarin, nach einer kurzen Pause, aus dem Bett, wieder ins Büro getrieben, und auch Enno hatte augenscheinlich in dieser Nacht kaum Schlaf gekriegt. Zwei Pizzakartons, diverse Süßigkeiten- und Chips-Packungen waren ein deutlicher Beleg für eine Nachtschicht vor dem Computer. Die Arme weit über den Kopf gestreckt, antwortete er mit einem lauten Gähnen. So wie er aussah, die zerwühlten Haare und die dicken Ringe unter den Augen, hatte er mit Sicherheit die ganze Nacht hier verbracht.

Anke Frerichs ging zu dem Aktenschrank mit der darin versteckten Senseo. Fauchend erwachte die Maschine zum Leben, dann signalisierten ein ersticktes Gurgeln und eine blinkende rote Lampe, dass der Wassertank leer war. »Verdammt«, knurrte Anke Frerichs. Sie schnappte sich das Behältnis und verschwand auf der Toilette im Flur, um ihn zu füllen.

Als sie wieder ins Büro zurückkam, war ihr Kollege nicht mehr allein. »Käffchen?«, fragte sie und hielt ihrem Vorgesetzten den Wasserbehälter entgegen. Der lächelte nur. Sein Gesicht sah, auf Grund des ebenfalls offensichtlichen Schlafmangels, dabei aus wie eine verschrumpelte Aprikose. »Gut, dass es für drei Tassen reicht«, sie setzte den Tank wieder ein, »aber als Nächstes holt jemand anders neues Wasser.« Nur Sekunden danach zog der Geruch von Jacobs Krönung durch das Büro.

In Erwartung eines von Ennos Monologen, hatten sie sich um Pinnwand und Monitor versammelt, auf der alle bisher zusammengetragenen Fakten und Ergebnisse angebracht waren. Bilder der Opfer, Tatortfotos, Berichte – und leider auch noch kein einziges Foto von potenziell Verdächtigen. Fotos der befragten Tätowierer aus der Nadorster Straße hingen unbeteiligt an der Seite. Inwiefern sie überhaupt eine Rolle in diesem verzwickten Fall spielten, war mehr als unklar. Hier mussten die Ermittler noch die Ergebnisse der Tintenanalyse abwarten.

Aber vielleicht würde ja Ennos Bericht, über seinen Ausflug in die Welt der Hacker, etwas mehr Erkenntnis bringen. »Also Enno, mach uns glücklich. Hast du was gefunden?« Vollmers nahm einen Schluck und sah seinen jungen Kollegen erwartungsfroh an. Ein breites Grinsen fand seinen Platz in dem Gesicht des ehemaligen Journalisten. »Das kann man wohl sagen, aber ob uns das auch wirklich weiterbringt wird sich noch zeigen.«

Werner Vollmers und Anke Frerichs gruppierten sich um den Computerspezialisten, als sich die Tür öffnete und Jana Lewandowski den Raum betrat. Vollmers nickte nur kurz, während Anke Frerichs sie aufforderte herüberzukommen. Ohne ein

Wort gesellte sie sich zu den anderen und wartete gespannt auf das Kommende. Enno fuhr fort:

»Ich habe mir mal speziell den Bericht des BeDo-Trupps aus der elektronischen Akte herausgezogen«, er spielte damit auf die Spezialisten der Beweissicherung und Dokumentation an, die bei Einsätzen des SEK, video- und fotografisch relevante Informationen sammelten. »Um da ranzukommen brauchte ich etwas Unterstützung von meinem alten Kumpel Bert Neuhaus. »Ich hoffe, das war okay?« Mit hochgezogenen Brauen sah er Vollmers fragend an. Der nickte nur kurz und machte mit der Hand eine ungeduldige Handbewegung, um ihm zu signalisieren, dass er zügig fortfahren solle.

»Okay.« Der gebürtige Leeraner machte weiter: »Der gesamte Einsatz bei den Bandidos wurde mit den erst seit kurzem eingesetzten Helmkameras gefilmt. Die Amerikaner machen das schon länger. Bei der versuchten Festnahme von Osama Bin-Laden war das Weiße Haus sogar live dabei.«

»Komm bitte zum Punkt«, unterbrach ihn sein Vorgesetzter. Heute hatte er scheinbar nicht die Muße für einen von Ennos berühmten Vorträgen.

Wie ein Tonband, das man auf schnellen Vorlauf gestellt hatte, ratterte er herunter: »Ein ähnliches System wird gerade auch bei deutschen Streifenpolizisten eingesetzt beziehungsweise getestet. Hierbei geht es nicht nur um die Dokumentation von Geschehnissen, sondern auch um eine gewisse Form der Abschreckung dadurch, dass alles Gesagte zusätzlich auch noch rechtskräftig aufgezeichnet wird.« Er stoppte, als ihm der singende Plüsch-Elch, der eben noch auf der Fensterbank gestanden hatte an den Kopf flog. Enno Melchert duckte sich und grinste breit.

»Der ganze Einsatz ist gefilmt worden. Soweit so gut«, er machte eine kurze Pause und machte dann weiter: »Es erfolgten keine Festnahmen und bis auf ein eine geringe Menge an Rauschmitteln konnte nicht viel sichergestellt werden. Waffen wurden nicht sichergestellt. Die Personalien wurden aufgenommen. Auch hier keine Auffälligkeiten, außer den üblichen Verdächtigen.« Er klickte auf ein kleines Gerät in seiner Hand, und die Anzeige auf dem Bildschirm wechselte. Ein Formular wurde angezeigt. »Das Projektil wurde sichergestellt und nach Wiesbaden übersandt und hier ...«, er legte eine theatralische Pause ein, »und hier endet der Bericht. Der Rest ist geschwärzt, aber das Ergebnis kennen wir nun ja dank Elena Braun.« Einhelliges Schweigen breitete sich im Raum aus. Also war auch das wieder eine Sackgasse. Vollmer schüttelte entnervt den Kopf und ging zu seinem Stammplatz am Fenster hinüber. Jana Lewandowski schlenderte nachdenklich zum Schrank, um sich einen Tee aufzubrühen. Sie wusste auch nicht weiter. Es herrschte eine mehr als bedrückte Stimmung.

»Die Frage ist ja, welche Verbindung besteht zwischen den drei Opfern, und wie kann uns die Antwort eventuell zum Täter führen?«, versuchte Anke Frerichs die vorherige Diskussion wiederzubeleben. »Wir haben Timo Jürgens, den

Schrauber, den Anwalt Gerd Hennings und den Steuerberater Tammo Eddiks ...«

»... von dem wir nicht einmal wissen, wo er jetzt steckt«, vollendete Jana Lewandowski den Satz ihrer Kollegin während ein Teebeutel in ihren Becher wanderte.

»Irgendwie passt das alles nicht so richtig zusammen. Ich werde das Gefühl nicht los, dass wir etwas ganz Entscheidendes übersehen«, murmelte Vollmers und blickte dabei, wie so oft, aus dem Fenster auf den still daliegenden Friedhofsweg hinab. Eine weitere Pause entstand.

»Wir gehen doch jetzt von zwei Tätern aus, richtig? Da habe ich Elena Braun doch richtig verstanden, oder?«, sagte die Psychologin, während sie das kochende Wasser in ihren Becher goss. »Was, wenn jemand ganz anderes seine Finger im Spiel hatte, wir uns immer auf den Falschen konzentriert haben und die Lösung direkt vor uns lag?«

»Möglich!« Enno Melchert nickte. Anke Frerichs stimmte ihm ebenfalls zu. »Du meinst die Ehefrau?«, fragte die Kommissarin und runzelte die Stirn. Plötzlich war das alte Feuer erwacht. Sie sprang von ihrer Schreibtischkante und lief zu ihrer Kollegin hinüber.

»Vielleicht. Jetzt wo du es sagst. Möglich. Irgendwie kam mir das Verhalten der beiden Frauen schon damals etwas merkwürdig vor«, murmelte die Polizeipsychologin. »Ich hielt es auf Grund der extremen Umstände nicht für weiter erwähnenswert, aber jetzt, und nach unserer Beobachtung in Nadorst ...«

»Was meinst du?«, fiel ihr Anke Frerichs ins Wort.

»Ihr hattet beim Verlassen des Hauses die Haustür nicht richtig zugezogen. Ich habe gerufen, aber die beiden, Frau Hennings und ihre Freundin, hatten mich wohl nicht gehört. Also bin ich vorsichtig rein. Und dann ... ich bin durch den Flur ... ins Wohnzimmer ...« Jana Lewandowski zögerte, schien nachzudenken, versuchte die Geschehnisse des zurückliegenden Tages vor ihrem inneren Auge wieder heraufzubeschwören.

»Komm schon. Mach es nicht so spannend«, drängte Enno Melchert sie. Man konnte ihm ansehen, dass er sich ihm Jagdmodus befand. Die Lösung des Falles lag quasi in der Luft. Das spürte plötzlich jeder im Raum.

»Ich weiß nicht genau. Ich hörte die beiden flüstern, konnte aber nur ein paar Wortfetzen verstehen. Die beiden standen eng umschlungen in der Küche. Als ich eintrat und sie mich entdeckten, wichen sie reflexartig voneinander zurück.«

»Hah, das ist es!«, rief Enno. »Die zwei haben was miteinander und haben den Alten gemeinsam um die Ecke gebracht.« Er klatschte sich vor Begeisterung mit der rechten Hand auf den Oberschenkel.

»Nun lass sie doch mal«, bremste Anke Frerichs ihn. Nachdenklich fuhr die Polizeipsychologin fort. Sie schien Ennos Gefühlsausbruch gar nicht zur Kenntnis genommen zu haben. »Damals habe ich dem nicht viel beigemessen. Jetzt, im Nachhinein betrachtet kommt mir das schon ein bisschen seltsam vor.«

»Können Sie sich an irgendwas erinnern, was die Frauen gesagt haben?«, mischte sich Werner Vollmers nun in das Gespräch ein. Er hatte, so wie es seine Art war, zunächst schweigend und scheinbar unbeteiligt zugehört. Jana Lewandowski schüttelte langsam den Kopf. »Nein, nicht wirklich. Sorry.«

»Anke, du bist doch ... äh ... du könntest doch mal ...«, er geriet kurz ins Stocken, wahrscheinlich weil er innerlich versuchte die richtigen Wörter zu finden. Die Kommissarin musste grinsen. Sie wusste, dass für ihren Vorgesetzten ihre Beziehung zu einer Frau überhaupt kein Problem darstellte, nur so offen darüber zu reden fiel ihm nicht immer ganz leicht.

»Ich versteh schon«, sie zwinkerte ihm zu, »ich werde ihr mit meiner weiblichen Intuition ...«, sie machte mit den Händen Gänsefüßchen in die Luft, »... auf den Zahn fühlen.«

Vollmers lächelte etwas verlegen und nickte dann. Anke Frerichs griff bereits nach ihrer Jacke. »Aber vorher fahre ich zu ein paar Freunden, ein paar Erkundigungen einholen«, ergänzte sie.

»Ich komme mit«, die Psychologin war ebenfalls aufgesprungen. »Wenn es dir recht ist?«

Anke Frerichs nickte.

»Und was ist mit dem Tätowierer in Nadorst von dem ihr erzählt habt? Sollen wir dem nicht auch nochmal auf den Zahn fühlen?«, rief Enno Melchert, bevor die beiden das Büro verlassen konnten in den Raum. Sie hielten inne und sahen ihren Chef fragend an.

»Das übernehmen wir!«, sagte Vollmers und bedeutete seinem jungen Kollegen mit einer unmissverständlichen Geste er möge wieder auf seinem Stuhl Platz nehmen.

Während die beiden Frauen sich auf den Weg machten, blieben Enno Melchert und Werner Vollmers alleine im Büro zurück. Nach einem Moment des Schweigens sagte der altgediente Kommissar:

»Wenn das stimmt, was wir vermuten, warum verdammt nochmal steht dann davon nichts in deiner Umfeldanalyse zu Gerd Hennings?«

30

Als Enno Melchert schweißgebadet erwachte, brauchte er einen Moment um zurück in die Realität zu finden. Er blickte auf den Wecker mit den fluoreszierenden Umklappzahlen. Es war Vier Uhr achtundzwanzig und gerade dreieinhalb Stunden her, seit er erschöpft und niedergeschlagen eingeschlafen war.

Er hatte Bockmist gebaut. Die Sache mit Janina hatte sich auf seine Arbeit ausgewirkt. Das stand nun fest, denn ihr anfänglicher Verdacht hatte sich bestätigt. Anke Frerichs hatte sich umgehört und in bestimmten Szenelokalen ein Foto von Catja Hennings herumgehen lassen. Eine junge Frau mit zwei dunklen Zöpfen hatte sie schließlich erkannt und der Kommissarin bestätigt, dass sie die Frau des Anwalts mehrfach in Begleitung einer anderen Frau gesehen hatte – nicht selten in eindeutigen Posen. Und die nachdrückliche Befragung des Tätowierers aus der Nadorster Straße hatte schließlich ergeben, dass die beiden Frauen ihn für einen etwas ›schrägen‹ Auftrag, so hatte er sich ausgedrückt, fürstlich entlohnt hatten. Er hatte es für einen, wenn auch üblen, Scherz gehalten. Enno Melchert und Werner Vollmers hatten nicht lange gezögert und ihn mitgenommen. Jetzt saß er in den Katakomben des Polizeipräsidiums und wartete auf eine ausführliche Vernehmung. Enno Melchert hatte sich in Grund und Boden geschämt, als Vollmers ihn nach Hause geschickt hatte. Die Enttäuschung, über die Nachlässigkeit des jungen Kommissars, war ihm deutlich im Gesicht abzulesen gewesen »Geh nach Hause Enno. Wir kümmern uns hier um alles, du bist für heute raus aus dem Fall.« Wie ein geprügelter Hund war er nach Hause gefahren und hatte seinen Kummer versucht mit Wodka zu betäuben. Benommen war er schließlich eingeschlafen. Seine Hand wanderte auf die rechte Bettseite. Wie erwartet war sie leer. Er langte nach ihrem Kopfkissen, roch daran, nahm ihren Geruch tief in sich auf und beschwor vor seinem inneren Auge ihr lächelndes Gesicht herauf. Wie so oft hatte sie sich still und leise wieder aus seinem Leben gestohlen. Bis zum nächsten Mal. Sein Herzschlag beruhigte sich nur langsam wieder. Er hatte geträumt. Gott sei Dank war es nur ein Traum gewesen. Sein Unterbewusstsein hatte ihn in die Vergangenheit zurück versetzt – hatte ein merkwürdig verzerrtes Konstrukt aus Erinnerungen und jüngsten Geschehnissen erschaffen. Ein Mann im Wald, das Gesicht im Halbdunkel einer Kapuze verborgen. Enno zielte mit seiner Pistole auf ihn. Als er näher kam schien sich das Gesicht der unbewegt dastehenden Person zu verändern. Abwechselnd nahm es das Aussehen von Vollmers, Thorsten Harders, Jörg Wagenfeld und zum Schluss das seines verschwundenen Vaters an. Der schien ihm etwas zuflüstern zu wollen, dann löste sich der Schuss. Schwarze Vögel stoben aus den Bäumen davon. Die Gestalt löste sich in einem schwarzen Nebel auf und flog mit ihnen davon. Ein Gefühl von unendlicher Einsamkeit durchflutete ihn, nahm Besitz von ihm, übernahm die Kontrolle. Tränen schossen ihm in die

Augen. Er fing an zu zittern. Seine Fäuste krallten sich in das Kopfkissen. Es war sein letzter Anker, damit er nicht auf der Stelle verrückt werden würde. Er hatte das Gefühl schreien zu müssen, als das plötzliche Klingeln seines Handys ihn zurück in die Wirklichkeit holte. Mit zitternden Händen fischte er es vom Nachttisch. Geblendet vom zu hellen Display versuchte er zu entziffern was dort als Kurznachricht geschrieben stand. Er wischte sich über die Augen und knipste seine Nachttischlampe an. Langsam gewöhnten sich seine Augen an die Helligkeit. Blinzelnd las er nur drei einfache Worte, die ihm, wie der Flügelschlag eines Engels, genau im richtigen Moment, seine Seele retten sollten:

»Ich liebe Dich!«

Nummer unbekannt. Sein Herz machte einen Sprung, dann übergab er sich in die neben seinem Bett liegende Burger King-Tüte.

31

Am nächsten Morgen. »Der Tätowierer hat also zugegeben, dass er die Zahlen bei Gerd Hennings in den Nacken tätowiert hat. Das reicht um die beiden Frauen festzunehmen«, sagte Vollmers, der wie üblich, mit dem Rücken zu seinen Kollegen dastand und nachdenklich aus dem Fenster blickte. »An den beiden anderen Fällen beteiligt zu sein, leugnet er aber nach wie vor hartnäckig. Sackgasse.«

»Ich bezweifele, dass wir noch irgendwas Brauchbares aus dem rauskriegen«, pflichtete Anke Frerichs ihm bei.

»Und wenn wir ihm einen Deal anbieten?«, fragte Enno Melchert.

»Ich glaube nicht, dass das viel Sinn macht. Was haben wir denn, was sich anzubieten lohnt. Wirklich nachweisen können wir ihm nur eine minderschwere Körperverletzung«, brummte Vollmers, dem man anmerkte, dass er immer noch sauer auf seinen Schützling war.

»Wegen seiner Vorstrafen wird er dafür in den Bau wandern. Das steht fest«, warf seine Kollegin ein.

»Ja, aber nicht lange«, unterbrach er sie erneut, »darüber hinaus wird er es sich nicht mit den Hells Angels oder Bandidos verscherzen wollen. Der weiß, dass er dann nirgendwo mehr sicher wäre. Nicht im Knast, und hier draußen erst recht nicht. Der hätte schneller auch so ein Tattoo im Nacken als er gucken könnte. Da kannst du dich drauf verlassen!«

»Zeugenschutzprogramm?«

»Im Prinzip eine gute Idee«, antwortete Vollmers auf den Vorschlag von Enno Melchert. »Aber ich glaube nicht, dass die Staatsanwaltschaft da mitspielt.«

»Warum denn nicht?«

»Dieser Typ ist ein viel zu kleiner Fisch. Das ›rechnet‹ sich sehr wahrscheinlich nicht«, bei dem Begriff rechnete, zeichnete der Kommissar mit beiden Händen Gänsefüßchen in die Luft.

»Wieso nicht? Wenn wir dadurch an die Hintermänner rankommen und mindestens zwei oder mehr Morde aufklären würden, würde die Rechnung doch aufgehen«, ging Anke Frerichs auf sein Wortspiel ein.

Vollmers lächelte leise, während sich auf Ennos Mund ein breites Grinsen zeigte.

»Guter Versuch.« Vollmers schüttelte den Kopf. »Doch das wird nichts. Darauf wird sich der Staatsanwalt mit Sicherheit nicht einlassen. So ein Deal wird vor einer Aussage besiegelt. Es muss also ganz klar sein, dass da auch wirklich etwas hieb und stichfestes zu erwarten ist.« Er machte eine kurze Pause und kramte in der Innentasche seines Sakkos nach seinen Zigaretten, ein sicheres Zeichen dafür, dass er das Gespräch gleich beenden würde. »Und da bin ich mir bei diesem Typen echt nicht sicher. Außerdem glaube ich ehrlich gesagt nicht, dass er was mit dem anderen Mord zu schaffen hat.«

Resigniert ließen die beiden anderen Ermittler die Köpfe hängen. Im Grunde wussten sie, dass ihr Vorgesetzter Recht hatte, aber manchmal wollte man es eben nicht wahrhaben: sie würden den unten in der Arrestzelle sitzenden Tätowierer zwar nicht wieder laufen lassen müssen, aber trotzdem war diese Spur wahrscheinlich tot.

»Wie auch immer, wir sollten uns jetzt erstmal auf das konzentrieren was wir haben.« Er wandte sich an seine Kollegin: »Schnapp sie dir, Anke!«

Vollmers wollte gerade das Büro verlassen, um unten im Hof eine zu rauchen, als Mandy Dittchen, einen Blumenstrauß in der Hand und hochrotem Kopf, an ihm vorbei, in das Zimmer der drei Kommissare gestürmt kam. Wutentbrannt stürmte sie auf Enno zu und warf ihm den Strauß an den Kopf.

»Den kannst du dir an den Hut stecken, Herr Melchert!«, rief sie, machte auf dem Absatz kehrt und stürmte an einem verwirrt dreinblickenden Werner Vollmers vorbei, wieder aus dem Büro.

32

Catja Hennings und Frauke Gehrmann ahnten, dass es vorbei war, als sie den silbernen Mercedes SLK, dem ein Streifenwagen folgte, auf den Hof ihres Hauses einbiegen sah. Frauke drehte sich zu ihrer Freundin um und sah ihr tief in die Augen. Fahrzeugtüren wurden geöffnet und wieder zugeschlagen.

»Ich bereue nichts! Nicht eine Sekunde.«

»Ich auch nicht«, antwortete die Frau mit den blonden Locken. Tränen liefen ihr die Wangen hinab und zeichneten eine dunkle Spur der Trauer auf ihr Gesicht. Frauke Gehrmann trat einen Schritt näher, nahm ihre Hände in die ihren und zog sie ganz dicht zu sich heran, ihre Blicke fest miteinander verwoben. Schritte kamen die Einfahrt hinauf. Die Klingel ertönte.

Catja Hennings schluchzte. Ihre Freundin entzog sich ihrer Umarmung und öffnete die Tür. Anke Frerichs stand im Türrahmen. An ihrer Seite: Jana Lewandowski. Zwei uniformierte Kollegen standen hinter den beiden Frauen.

»Catja Hennings. Ich nehme Sie fest, da der dringend Tatverdacht besteht, dass Sie ihren Mann, den Anwalt Gerd Hennings, ermordet haben. Frauke Gehrmann, sie werden der Mittäterschaft verdächtigt und ebenfalls mit uns kommen.« Die beiden Frauen schwiegen. Sie wussten, dass sie ausgespielt hatten. Ihre Haltung und die schuldbeladenen Mienen ließen darauf schließen, dass sie nicht vor hatten Widerstand zu leisten, obwohl merkwürdigerweise in Griffweite, auf dem hochglanzweißen Stubentisch, eine Waffe lag.

»Wollen wir?«, fragte Anke Frerichs und nahm die Pistole vom Tisch.

Ihre ausdauernden Ermittlungen, etwas Glück und nicht zuletzt die Beobachtung der Polizeipsychologin hatten zur Aufklärung dieses verzwickten Falles beigetragen.

Wie sich herausstellte, hatten Catja Hennings und Frauke Gehrmann tatsächlich ein Verhältnis. Zwar konnten Sie es über viele Jahre hinweg weitestgehend geheim halten, aber in einer so kleinen Stadt wie Oldenburg, blieb kein Geheimnis auf ewig verborgen. Ankes Besuche in einigen einschlägigen Lokalitäten und ein paar Telefonate hatten schließlich gereicht um den Sack zuzumachen. Außerdem hatte Kommissar Zufall den Ermittlern einen ordentlichen Wink gegeben, und sie auf die richtige Spur geschubst. Hätte es nicht das zufällige Treffen in Nadorst gegeben, wer weiß, ob es je dazu gekommen wäre. Aber wie sagt schon Sherlock Holmes: *Selbst der beste Ermittler braucht ab und zu mal etwas Glück …*

Einer der Polizisten trat vor. Jana Lewandowski trat ihm in den Weg. »Ich denke, darauf können wir verzichten, oder?« Ihr Blick wanderte zwischen den Polizisten, Anke Frerichs, den Handschellen und den beiden Frauen hin und her.« Die Kommissarin nickte schweigend.

33

Die Nordwest-Zeitung berichtet:

Mord an Anwalt aufgeklärt. Ehefrau festgenommen. Todesbote weiterhin flüchtig!

Im Fall des ermordeten Anwalts aus Nadorst, ist den Ermittlern jetzt ein Durchbruch gelungen.

Gestern wurde die Frau des Opfers festgenommen. Eine Freundin der mutmaßlichen Täterin wurde ebenfalls festgenommen. Es wird vermutet, dass die beiden eine Liebesbeziehung hatten und den Rechtsanwalt gemeinsam getötet haben. Das Motiv war höchstwahrscheinlich Habgier. Eine heimlich auf den Namen des Mannes abgeschlossene Lebensversicherung deutet darauf hin.

Weiter ungeklärt bleibt unterdessen jedoch der Mord an einem kürzlich ebenfalls erschossen in Metjendorf aufgefundenen Betreiber einer Motorradwerkstatt. Es wurde zunächst angenommen, dass die beiden Morde auf Grund eines sehr ähnlichen Tathergangs auf denselben Täter zurückzuführen seinen, nun konnte diese These jedoch nicht erhärtet werden. Es stelle sich heraus, dass die Frauen als sogenannte Trittbrettfahrer gehandelt hatten. Ein einschlägig vorbestrafter Tätowierer wurde wegen Beihilfe zum Mord, beziehungsweise einer minderschweren Körperverletzung, inhaftiert. Die zuständige Staatsanwaltschaft prüft im Moment den Grad seiner Beteiligung.

Ein Kommentar von Lars Unruh: *Die in Kürze anstehende Pensionierung von Hauptkommissar Werner Vollmers scheint unter keinem guten Stern zu stehen. Ein Fall ist geklärt, ein zweiter Mörder noch immer auf freiem Fuß. Wird der altgediente Kommissar mit einem ungelösten Mord in den sicherlich wohlverdienten Ruhestand gehen? Wie wird es dann weitergehen? Wird sein Nachfolger den Todesboten zu Strecke bringen oder wird der Killer ungeschoren davonkommen?*

Werner Vollmers legte die Zeitung zur Seite und verzog das Gesicht. Er langte nach seiner Kaffeetasse und sagte: »Woher diese Schreiberlinge, dass alles wohl immer so genau wissen? Manchmal habe ich das Gefühl, die wissen Sachen eher als wir selber.«

Enno meldete sich zu Wort, während seine Kollegin nur schweigend von ihren Unterlagen aufblickte: »Lass gut sein. Die machen doch auch nur ihren Job.«

Ihm gefiel nicht, wenn sein Chef so über seine ehemaligen Kollegen redete. Auch wenn er natürlich wusste, dass unter ihnen auch einige echte Schmierfinken ihr Handwerk verrichteten und der Polizei das Leben manchmal ganz schön zur Hölle machten.

Vollmers schürzte frustriert die Lippen. Weiter vor sich hin grummelnd nahm der Kommissar einen Schluck von seinem Kaffee und verzog erneut das Gesicht. Kalt. Kein guter Start in den Tag. Schon gar nicht, wenn gleich die abschließende Befragung der beiden Täterinnen anstanden. Viel versprach er sich zwar nicht mehr davon, hatten die beiden die Tat doch bereits gestanden, aber man konnte ja nie wissen.

Zumindest diesen Fall hatten sie aufklären können, wenn auch mit etwas Glück. Trotzdem war er mehr als unzufrieden mit der Gesamtsituation. Den Todesboten hatte sie nicht schnappen können, aber das wäre wohl auch etwas zu viel verlangt gewesen. Was dem BKA und der ZKI seit Jahren nicht gelungen war, war wohl wirklich eine Nummer zu groß für die Oldenburger Ermittler gewesen.

Mürrisch stand er auf. Vorher wollte er sich noch eben einen frischen Kaffee aus der Cafeteria holen und draußen eine rauchen, bevor es losging.

***

Der Fall war abgeschlossen. Zum Teil zumindest – und Anke Frerichs hatte eine Entscheidung getroffen. Nach gründlichen Überlegungen und ausführlichen Gesprächen mit ihrer Lebensgefährtin, war sie schließlich bereit gewesen und hatte sich um die Nachfolge von Werner Vollmers, als Leiterin des Oldenburger FK1, beworben.

Seine Pensionierung war mittlerweile in greifbare Nähe gerückt, nur noch wenige Wochen waren verblieben, bis man ihn in den wohlverdienten Ruhestand versetzen würde. Vollmers und Enno Melchert hatten ihre Entscheidung, die sie sich nicht leichtgemacht hatte, mit großer

Freude entgegengenommen. Die entsprechenden Unterlagen waren eingereicht, und alle gingen davon aus, dass es sich nur um eine Formalie handeln würde. Die attraktive Anfang Vierzigerin verfügte über die notwendige Erfahrung, die entsprechende Qualifikation, und Werner Vollmers hatte sich ausdrücklich für sie als seine Nachfolgerin eingesetzt. Sie war eindeutig die Richtige für den Posten, darüber waren sich alle einig.

Aus diesem Grund waren auch alle verwundert, dass sich der Entscheidungsprozess nun schon einige Tage hinzog. Anke versuchte die Verzögerung als gegeben hinzunehmen und ihr keine besondere Beachtung zu schenken, dennoch musste sie zugeben, dass sie langsam etwas nervös wurde. Leise Zweifel keimten in ihr auf. War sie wirklich die Richtige für den Job? Spielte es eine Rolle, dass sie eine Frau war? Sie würde niedersachenweit die erste Frau in einer vergleichbaren Position sein. Wie wirkte es sich aus, dass sie in einer gleichgeschlechtlichen Beziehung lebte? Normalerweise dürfte dieser Aspekt ihres Privatlebens natürlich keine Auswirkungen auf ihre Bewerbung haben, doch die Realität sah, in einer noch immer von Männern dominierten Welt, oftmals etwas anders aus.

Sie blickte zu ihrem Kollegen hinüber, der hinter seinem Computer saß und telefonierte. Er schien eine aufregende Neuigkeit erfahren zu haben, sein Kopf war knallrot angelaufen. Anke Frerichs stand auf und wartete gespannt auf eine Info von ihrem Kollegen.

Enno Melchert legte den Hörer auf und blickte mit einem leicht verwirrt wirkenden Gesichtsausdruck, ganz so, als ob er gerade etwas Unglaubliches erfahren hätte, schweigend in die Runde. Dann sagte er: »Das werdet ihr nicht glauben!« Er schüttelte den Kopf.

Anke Frerichs setzte sich wie üblich auf die Tischkante ihres Schreibtisches und fing an, auf dem Ende eines Bleistiftes herum zu kauen. Eine unerträgliche Spannung lag plötzlich im Raum. Man hätte die Luft schneiden können. Auch Vollmers war aufgestanden und stand nun wie immer am Fenster, diesmal jedoch war ihm die Anspannung deutlich anzumerken. Nach einer schier endlosen Pause sagte er schließlich: »Spann uns nicht länger auf die Folter. Was ist passiert?«

Dann platzte es aus Enno Melchert heraus: »Sie haben den Todesboten geschnappt.« Die Worte hingen schwer im Raum. Ein Gefühl, eine Mischung von irgendwas zwischen Erleichterung, stiller Freude und Entsetzen machte sich unter den Dreien breit. Die beiden Ermittler sahen sich schweigend an. Unglaublich.

»Die haben den Typen in Gießen dingfest machen können«, fuhr Enno fort. Ihn hatte es nun auch nicht mehr auf seinem Platz gehalten.

»Sag bloß der hat auch den Rocker umgebracht, von dem gerade die Zeitungen voll sind, wie heißt der noch gleich ...?«

»Ayhan Melek«, half Enno Melchert ihr.

»Ayhan Melek, richtig. Der Präsident der Hells Angels in Gießen. Er ist durch mehrere Schüsse getötet worden. Eine Anwohnerin fand ihn tot vor dem Clubheim der Rocker, im mittelhessischen Wettenberg. Es gab wohl einen Schusswechsel bei dem auch der Attentäter verwundet wurde und deshalb nicht mehr fliehen konnte. Wir kriegen den Bericht in der nächsten Stunde. Zurzeit wird gerade eine Pressekonferenz vorbereitet. Die Aussage von Tammo Eddiks soll die Jungs vom BKA wohl auf seine Spur gebracht haben …«

Ungläubig sahen sich die drei Kommissare an. Es klopfte, doch keiner machte Anstalten »Herein« zu rufen. Zu tief saß der Schock, dem nur sehr langsam die Erleichterung folgte.

Nach einem weiteren kurzen Klopfen öffnete sich die Tür und ein groß gewachsener Mann, schätzungsweise Anfang bis Mitte Fünfzig, betrat das Büro der drei Ermittler.

Er trug einen makellos sitzenden dunkelgrauen Anzug, der farblich sehr gut zu seinen ebenfalls grauen Haaren passte, ein weißes Hemd und eine rosafarbene Krawatte. In der linken Hand hielt er einen Aktenkoffer aus braunem Leder.

Anke Frerichs musterte den Mann, dessen Auftreten durchaus mit dem eines Versicherungsvertreters zu vergleichen war, aufmerksam und mit fragendem Blick. Auch Werner Vollmers schaute den unbekannten Besucher irritiert an. Der hingegen schien wenig bis gar nicht irritiert zu sein. Er zögerte nur einen kurzen Moment, vermutlich um sich zu orientieren, schloss dann hinter sich die Tür, steuerte zielstrebig auf den Schreibtisch des altgedienten Kommissars zu und stellte seinen Aktenkoffer auf der Tischplatte ab. Dann wandte er sich um, klatschte einmal motiviert in die Hände und rieb sie freudig aneinander. Was dann folgte, verschlug dem Ermittlertrio die Sprache. Mit einem knappen Kopfnicken begrüßte der Mann die Anwesenden und sagte: »Guten Tag, mein Name ist Frank Legat. Ich bin der neue Leiter des Fachkommissariats 1 und freue mich auf eine gute Zusammenarbeit.«

Anke Frerichs und Enno Melchert sahen ihren alten Chef verwirrt an, der zunächst nur schweigend dastand, dann einmal mit den Achseln zuckte und die ihm entgegengestreckte Hand ignorierte.

»Wir werden sehen. Abgerechnet wird immer erst zum Schluss – und in dieser Sache ist das letzte Wort noch nicht gesprochen«, sagte Werner Vollmers, zündete sich eine Zigarette an und verließ das Büro ...

Epilog

Als Enno Melchert an diesem Abend nach Hause kam, wartete auf dem Podest vor seiner Haustür eine Überraschung auf ihn. Ein rechteckiges Paket, etwa dreißig mal zwanzig Zentimeter messend, eingeschlagen in braunes Packpapier, stand unbeeindruckt von dem um diese Zeit nur noch spärlich auf der Cloppenburger Straße vorbeiziehenden Verkehr, dort und wartete auf seinen Empfänger.

Sofort begannen bei dem jungen Ermittler die Alarmglocken zu läuten. Das letzte Mal als ihm jemand etwas vor seine Tür gelegt hatte, war der Anblick mehr als hässlich gewesen. Seine Gedanken wanderten zurück zu dem enthaupteten Huhn, das ihm als Warnung, die Finger von einem Fall zu lassen, vor die Tür gelegt worden war. Er schüttelte sich, dann blickte er sich suchend um. Es schien niemand in der Nähe zu sein.

Er überlegte was nun zu tun war. Bestellt hatte er nichts. Da war er sich ganz sicher. Auf Grund seiner mehr als unregelmäßigen Arbeitszeiten, ließ er sich Bestellungen meistens eh direkt ins Präsidium schicken. Gelegentlich, wenn es sich um eine Sendung mit delikatem Inhalt handelte, nutzte er auch eine Paketstation. Fest stand: Dieses Paket hatte er auf jeden Fall nicht bestellt.

Vorsichtig machte er einen Schritt darauf zu und versuchte im Halbdunkel näheres zu erkennen. Der Absender hatte in großen Buchstaben vier Buchstaben auf die obere Seite geschrieben: ENNO. Eine richtige Anschrift fehlte. Der Überbringer müsste es also persönlich hier abgelegt haben. Der Kommissar runzelte die Stirn. Was sollte er tun?

Nachdenklich betrachtete er die merkwürdige, altmodisch anmutende Verpackung. Das Packpapier war nicht mit Tesafilm befestigt worden, sondern mit Paketschnur.

***

Gedankenverloren griff Enno Melchert zu einer angefangenen Dose Redbull, die neben diversen anderen Energiedrinks ebenfalls auf dem Tisch stand, nahm einen großen Schluck und verzog das Gesicht ob der fehlenden Kohlensäure. Abgestanden schmeckte das Zeug wie flüssige Gummibären in Zuckerwatte. Er fragte sich, ob er das Paket öffnen sollte oder nicht.

Irgendetwas, ganz tief in seinem Inneren sagte ihm, dass von der vor ihm liegenden Sendung keine Gefahr ausging. Und doch zögerte er.

Letztendlich schob die Neugier die Vorsicht beiseite, er gab sich einen Ruck. Mit einem Taschenmesser durchtrennte er das verknotete Paketband, entfernte das Packpapier und hob den Deckel des nun vor ihm liegenden Schuhkartons ab. Das Erste, was er erblickte, war zerknülltes Zeitungspapier, das wohl als Füllstoff für den eigentlichen Inhalt fungierte. Der kam zum Vorschein, als er die Papierkugeln vorsichtig entfernt hatte. Vor ihm lag etwas, was er nun ganz und gar nicht erwartet hatte. Vor ihm lagen drei augenscheinlich sehr alte Filmrollen.

***

Keine dreißig Minuten später saß Enno Melchert in seinem völlig abgedunkelten Wohnzimmer und verfolgte mit von Tränen feuchten Augen die flimmernden Bilder, die der alte Filmprojektor, den er vom Dachboden geholt hatte, auf die Wand warf.

Er konnte nicht glauben was er sah, und doch erkannte er sofort, was und wen das uralte Filmmaterial zeigte: Es zeigte ihn, seine Mutter und seinen Vater. Urlaubserinnerungen, belangloses aus dem Alltag, stumme Zeugen seiner Kindheit.

Irgendwer hatte unterschiedlich kurze Sequenzen zu je einem Film zusammengeschnitten. Ennos Einschulung, der jährliche Urlaub auf Borkum, seine Mutter beim Kochen oder im Garten ihres Hauses in Leer. Der Opel Kadett seines Vaters. Italien. Ihr Hund Bobbi – und, auf der letzten Filmrolle schließlich, die Beerdigung seiner Mutter: Er an der Hand seines Vaters, vor dem mit Blumen dekorierten Sarg, der über dem etwa zwei Meter tiefen Grab schwebte. Ein paar Freunde, Nachbarn und Verwandte, standen schweigend und mit gesenkten Köpfen um sie herum. Der Pastor verkündete stumme Worte des Trostes, der Erinnerung und der Hoffnung.

Enno erinnerte sich noch ganz genau an diesen Tag im August. Er hatte sich unauslöschlich in sein Gedächtnis eingebrannt. Die Sonne schien brennend vom Himmel auf die in schwarz gekleidete Trauergemeinde herab, es war ein extrem heißer Tag gewesen.

Die flackernden Bilder zeigten einen kleinen Jungen, hilflos, der nicht verstand, was da gerade passierte, der seine Mutter vermisste, nicht verstehen konnte, dass sie von einem Moment auf den anderen nicht mehr da sein sollte. Die Kamera zoomte heran. Plötzlich im Fokus: Sein Vater. Scheinbar gefasst, weinte er trockene Tränen, als der Sarg langsam in das Grab hinabgelassen wurde.

Der erwachsene Enno wischte sich mit dem Ärmel die Tränen aus den Augen. Wer hatte das damals eigentlich alles gefilmt? Höchstwahrscheinlich Onkel Otto. Sein Vater wird ihm die Kamera gegeben haben. Er hatte immer alles auf Film gebannt, wollte alles für die Nachwelt festhalten.

»Wenn du mal berühmt wirst, haben wir alles auf Film«, hatte er damals gesagt und dabei herzlich gelacht. Es war einer der wenigen Momente, in denen er, seit dem Tod seiner Frau, so unbeschwert gelacht hatte. Erst war das Lachen verschwunden, dann er. Und mit ihm waren damals auch die Filmrollen verschwunden.

Enno nahm noch einen Schluck von seinem Energiedrink und dachte nach. Das Paket mit den Filmrollen musste also sehr wahrscheinlich von ihm stammen. Aber was wollte er? Warum tauchte er nach über zwanzig Jahren plötzlich in seinem Leben auf? Und warum nahm er nicht einfach direkt Kontakt mit ihm auf? Und was hatte er in ihrem ehemaligen Haus in Leer gesucht?

Er war sich mittlerweile sicher, dass sein Vater der Mann gewesen sein musste, den er dort vor einigen Wochen überrascht hatte. Er musste es gewesen sein.

Doch ihm blieb nur abzuwarten, ob sich Hermann Melchert wieder melden würde ...

Anmerkung und Danksagung

Alles ist wahr. Nichts ist wahr. Die eigentliche Handlung und fast alle Akteure sind frei erfunden. In diesem Band sind jedoch reale Ereignisse und real existierende Personen sehr viel enger mit der Geschichte verwoben als in den ersten drei Teilen. Die schrecklichen Ereignisse in Nadorst im Sommer diesen Jahres sind deutliche Belege dafür. Nichtsdestotrotz bleibt dies ein Roman, der unterhalten soll. Wer daraus ein politisches Statement ziehen will, dem sei das freigestellt. Ich werde das weder bestätigen noch dementieren …

Die Orte gibt es selbstverständlich – genauso, wie sie hier beschrieben sind. Ich habe mich bestmöglich bemüht, geschichtliche Zusammenhänge richtig darzustellen. Ich hoffe, es ist mir gelungen.

Ich danke meinen Eltern, dem tapferen Kommissar Werner Vollmers, Anke Frerichs und Enno Melchert sowie meinem Stern Marlies, die mich zu einem besseren Menschen gemacht hat und es immer noch tut – und tolle Buchcover entwirft. Kussi! Möge sie durch den Erfolg meiner Bücher möglichst bald zur Vollzeit-Autorenfrau werden! Mein Dank richtet sich natürlich auch an den Schardt Verlag, der dieses Projekt erst möglich gemacht und mir nun schon bei meinem fünften Buch sein Vertrauen geschenkt hat. Danke,

Renée, danke, Yasmin! Special thanks to Moe. (Du weißt schon, warum.)

Mein abschließender Dank geht natürlich an jede/n einzelne/n Leser oder Leserin, die dieses Buch gekauft haben, denn für sie macht man das Ganze ja schließlich. Ich freue mich, den einen oder anderen einmal persönlich auf einer meiner Lesungen kennenzulernen und freue mich immer über ein Feedback per E-Mail oder über Facebook.

Axel Berger, 2017

Leseprobe: Der Feuerteufel

Der fünfte Fall für Werner Vollmers, Anke Frerichs und Enno Melchert.

Der letzte Fall für Werner Vollmers? Ein Feuerteufel versetzt Oldenburg in Angst und Schrecken – was zunächst mit Mülltonnen und Containern begann, weitet sich plötzlich auf Autos und schließlich Gebäude aus. Als ein ehemaliger Gasthof in Flammen aufgeht, finden die Feuerwehrleute in den Trümmern das Unglaubliche: einen Berg aus Leichen ...

Vollmers und sein Team werden alarmiert und müssen sich ihrer bisher wahrscheinlich größten Herausforderung stellen. Werden Sie den Feuerteufel schnappen können, bevor weitere Menschen sterben müssen?

Wird dieser Fall Werner Vollmers' letzter?

Ein unangenehmer Geruch, eine Mischung aus verbranntem Plastik und Holz lag in der Luft, Schwaden von Wasserdampf und Rauch zogen über das Grundstück. Hauptkommissar Werner Vollmers schaute sich nachdenklich um. Müde schüttelte er langsam den Kopf. Was für eine verheerende Wirkung so ein Feuer doch haben konnte. Es hatte das gesamte Gebäude dem Erdboden gleich gemacht und nichts als Trümmer und Zerstörung zurückgelassen.

Der in der Nähe von Bad Zwischenahn gelegene ehemalige Gasthof war nicht das erste

Gebäude, das in Flammen aufgegangen war. Genau genommen war es mittlerweile das fünfte. Ein Feuerteufel trieb sein Unwesen im Umland von Oldenburg. An sich wäre das kein Fall für den Hauptkommissar und sein Team gewesen. Rief man die Ermittler des Oldenburger Fachkommissariats 1, ging es in der Regel immer um Straftaten mit Gewaltanwendung oder gegen das Leben. Blut und Samen - Mord und Totschlag. Mit einem Brandstifter hätten sie eigentlich nichts zu tun gehabt, doch diesmal war alles anders. Die Feuerwehrmänner hatten bei der Bekämpfung des Brandes etwas entdeckt, das selbst Gerold Hogen, einem der erfahrensten und hartgesottensten Brandbekämpfer der Oldenburger Feuerwehr, die Sprache verschlagen hatte.

Beim Versuch dem Feuer Einhalt zu gebieten, waren sie Stück für Stück in das Innere des alten Hofes vorgedrungen, hatten die Flammen zurückgedrängt, erstickt und das Inferno mit allem bekämpft, was sie zu bieten hatten. Zimmer für Zimmer hatten sie sich durch den ehemaligen Gasthof, der früher auch zeitweise als Hotel genutzt worden war, vorgearbeitet, bis sie schließlich im alten Festsaal angekommen waren, in dem sie das pure Grauen erwartet hatte. Genau mittig im Saal hatten sie etwas entdeckt, das sie zunächst für Trümmer und verbranntes Inventar gehalten hatten. Doch was sich ihnen dann offenbarte, als sie näher herangekommen waren, ließ den Feuerwehrmännern das Blut in den Adern gefrieren. Zwischen kokelnden Tischen und Stühlen, tropfnass und durchweicht vom Löschwasser, erblickten sie einen Haufen. Gleich einem Osterfeuer hatte hier irgendwer etwas aufgeschüttet. Hogen musste die Augen zusammenkneifen, denn unter seiner Maske hatte er keine Details erkennen können. Sein Verstand weigerte sich zu akzeptieren, was er dort vor sich sah: Ein Berg aus Leichen. Es war ein unvorstellbarer Anblick gewesen, der ihn an alte Schwarz-Weiß-Fotos aus dem Zweiten Weltkrieg erinnert hatte. Hinter ihm hatte sich einer der jüngeren Kollegen die Atemschutzmaske heruntergerissen und sich übergeben. Er hatte versucht sich zu beherrschen, doch das, was er dort gesehen hatte, war zu viel gewesen ...

Fluchtartig hatten sie das Gebäude verlassen, saßen nun auf dem Hof und versuchten das Gesehene zu verdauen. So viel stand fest: Es würde sie in ihren Träumen verfolgen, hatte sich für immer in ihr Gedächtnis eingebrannt ...

***

Werner Vollmers ließ seinen Blick über das vor ihm liegende Trümmerfeld schweifen und widerstand dem Drang, sich eine Zigarette anzuzünden. Es wäre ihm falsch vorgekommen. Doch der unglaublich verstörende Anblick des Gebäudes verstärkte sein Verlangen nach Nikotin. Er ahnte, nein, er wusste, dass hier ein Verbrechen von noch nie zuvor dagewesenem Ausmaß stattgefunden haben musste. Das legte der erste Bericht der Feuerwehrleute zumindest nahe ...

Und das ausgerechnet kurz vor meiner Pensionierung. Er hätte sich seinen Weg in den Ruhestand friedlicher gewünscht. Und nun das. Unruhig schritt er hin und her. Alles in ihm sträubte sich, das Gebäude allein zu betreten, denn er mochte nicht vorhersagen, ob er noch mehr ertragen konnte. Zu viel hatte er in seiner langjährigen Dienstzeit schon gesehen und verarbeiten müssen. Und es fiel ihm mit zunehmendem Alter immer schwerer. Besonders seit dem Tod seiner Schwester im vergangenen Jahr.

Während Enno Melchert und Anke Frerichs noch auf sich warten ließen, bog ein dunkelblauer BMW X5 auf den Hof ein und stoppte direkt hinter dem weißen VW-Transporter der Spurensicherung. Die Scheinwerfer erloschen, als der Motor abgestellt wurde. Nur Sekunden später öffnete sich die Tür des SUV. Ein Mann in einem dunkelgrauen Anzug sprang aus dem Wagen, trat ohne es in der Eile zu registrieren in eine Pfütze mit Löschwasser, und lief aufgeregt gestikulierend auf Vollmers zu. Seine rosafarbene Krawatte baumelte nachlässig gebunden aus dem Sakko. Der Wagen piepte einmal und die Blinker leuchteten zweimal kurz auf.

Innerlich verdrehte der Kommissar die Augen. Es war Frank Legat, sein neuer Kollege und potenzieller Nachfolger. Augenscheinlich war er gerade aus dem Bett gekommen. Seine ansonsten wie mit dem Lineal in Form gebrachten Haare standen ihm wirr vom Kopf ab. Lediglich ein paar verklebte graue Strähnen deuteten auf den Versuch hin, sie in möglichst kurzer Zeit irgendwie in eine halbwegs passable Frisur zu zwingen.

Vollmers mochte ihn nicht. Nicht nur weil er den für Anke Frerichs angedachten Posten bekommen hatte. Legat war auch, das hatte sich in den letzten zwei Wochen mittlerweile herausgestellt, ein bürokratischer Pedant der schlimmsten

Art. Kein Wunder also, dass der Haussegen im Fachkommissariat 1 mehr als schief hing.

Für Vollmers war der Fall Legat noch nicht gegessen. Er hatte offiziell Beschwerde bei seinem Vorgesetzten eingereicht und sich nochmals für Anke Frerichs als seine Nachfolgerin stark gemacht. Man würde sehen, ob seine Meinung gehört wird.

Doch zunächst hatten sie diesen Fall aufzuklären ...

Axel Berger im Schardt Verlag:

»Der Fallensteller«. Kriminalroman
ISBN 978-3-89841-724-2
Taschenbuch, 148 Seiten

»Der Grabräuber«. Kriminalroman
ISBN 978-3-89841-767-9
Taschenbuch, 160 Seiten

»Lilly PutPut und die Reise nach Anderland«.
Kinderbuch
ISBN 978-3-89841-761-7
Gebunden, 144 Seiten

»Der Eindringling«. Kriminalroman
ISBN 978-3-89841-843-0
Taschenbuch, 190 Seiten

Axel Berger und Thorsten Thews: **»Die brennenden Hamster: Eine (Geschäfts)reise in den Burnout – und wieder hinaus«.** Ratgeber
ISBN 978-3-89841-985-7
Klappbroschur, 272 Seiten

Alle Bücher sind beim Verlag, im lokalen Buch- und selbstverständlich im Onlinehandel als Print- & eBook-Variante erhältlich.